KB131761

다시 여행을
시작하는
그대에게

다시 여행을 시작하는 그대에게

1판 1쇄 발행 2022. 5. 9.
1판 2쇄 발행 2022. 7. 10.

지은이 덕조 스님

발행인 고세규
편집 정선경 디자인 조은아 마케팅 윤준원 홍보 최정은
발행처 김영사

등록 1979년 5월 17일 (제406-2003-036호)
주소 경기도 파주시 문발로 197(문발동) 우편번호 10881
전화 마케팅부 031)955-3100, 편집부 031)955-3200 | 팩스 031)955-3111

저작권자 © 덕조 스님, 2022
이 책은 저작권법에 의해 보호를 받는 저작물이므로
저자와 출판사의 허락 없이 내용의 일부를 인용하거나 발췌하는 것을 금합니다.

값은 뒤표지에 있습니다.
ISBN 978-89-349-6181-9 03810

홈페이지 www.gimmyoung.com   블로그 blog.naver.com/gybook
인스타그램 instagram.com/gimmyoung   이메일 bestbook@gimmyoung.com

좋은 독자가 좋은 책을 만듭니다.
김영사는 독자 여러분의 의견에 항상 귀 기울이고 있습니다.

덕조 글·사진

다시 여행을
시작하는
그대에게

길 위에서 읽는
마음 이야기

10년 만에 산문을 열고 돌아온
법정 스님의 맏상좌 덕조 스님이
안내하는 일상의 구도, 삶이라는 여행

김영사

덕조 스님께 보내는 편지

불일암의 숲과 바람이 빚어낸 시와 같은 단상들

해마다 부처님오신날이 되면 이 작은 수녀의 건강을 기원하는 예쁜 연등을 달아주시는 스님, 그동안도 청안하시온지요? 스님의 은사이신 법정 스님께서 우리 수녀원 방명록에 44년 전에 쓰신 글귀를 최근에 발견해 스님께 알려드리려던 참이었습니다.

"'청정한 자매들과 낮기도를 갖게 된 시절 인연에 거듭 감사드립니다. 수평선에 눈을 씻고 산으로 돌아갑니다" 1978. 10. 30. 법정 합장'이라고 쓰셨네요. 스님의 친필들을 여기저기 다 나누어주고 "'날마다 새롭게" 수류산방에서 구름수녀님에게'라고 써주신 글귀 하나만 남아 있는데 이것도 원하시면 보내드릴게요. 수시로 제 글방을 방문하는 불자들에게 주기 위한 법구경 책갈피들도 있고, 월간 〈불교문화〉〈맑고 향기롭게〉의 소식지도 제 글방 안에 두었습니다. 1980년대 제가 갑자기 베스트셀러 작가의 반열에 오르면서 세간의 구설수에

오르고 힘든 일이 많아 친구 수녀 두 명과 불일암에 가서 법정 스님을 뵙고 하루 쉬고 온 일은 늘 고운 추억으로 남아 있습니다. 거기서 듣던 새소리, 바람 소리, 꽃과 나무들의 향기를 정겹게 기억하곤 합니다. 밭에서 케일을 뜯어 즙도 만들어주셨는데 맛이 써서 얼굴을 찡그렸다가 스님께 혼나기도 했지요. 세월이 많이 흘러 이제 큰스님은 가셨지만 그분의 제자이신 덕조 스님이 그 자리를 지키고 계시니 참 좋습니다.

'길 위에서 읽는 마음 이야기'라는 부제가 붙은 《다시 여행을 시작하는 그대에게》는 스님이 사시는 산사의 사계절이 그대로 담겨 있군요. 언제 어디서나 우리는 모두 끊임없이 깨어 사는 노력을 해야 하는 일상의 구도자이며 순례객임을 거듭 일러주시는 스님의 글에는 불일암의 오솔길을 닮은 소박한 따스함이 있습니다. 새벽을 깨우는 새소리도 들리고 저녁에 가만히 문을 여는 달맞이꽃의 미소도 스며 있네요. 눈을 감고 귀를 열고 마음을 모으라는 스님의 나직한 목소리가 들려옵니다. 문단속만 잘 하지 말고 마음 단속도 잘 해야 한다고, 고칠 수 있는 마음은 고쳐 쓰면 된다고, 칭찬에도 비판에도 흔들리지 않는 초연함을 배워야 한다고 강조하시네요.

우리는 날마다 '삶과 죽음의 그네를 타고 살아간다'는 말씀,

우리가 불행한 것은 가진 것이 부족해서가 아니라 사랑과 용서를 잃어가기 때문이라는 말씀에 깊이 공감하며 고개를 끄덕입니다. 좋다고 좋아하지 말고 싫다고 하여 증오하지 말아야 한다는 것, 결국 참된 행복은 순간순간에 충실한 것, 남과 비교하지 않는 것, 잘못된 습관을 고치는 것, 끊임없는 기도의 정진에 있음을 다시 알아듣게 됩니다. 고요한 마음에서 건져 올린 지혜가 충만하다면 우리의 삶은 언제나 흐르는 강물처럼 자연스럽고 넓은 바다처럼 내 마음의 폭도 세상을 향한 폭도 그만큼 넓어질 것이겠지요? 그래서 스님이 초대하시는 봄 여름 가을 겨울 사계절의 뜰에서는 굳이 밖으로 나가지 않고서도 행복한 경험을 하는 일상의 여행자, 기도의 순례자가 될 수 있을 것입니다.

요즘 필요 이상으로 바쁘게 살며 명상보다는 망상을 더 많이 하는 저 자신을 깊이 성찰하는 마음으로 찬찬히 읽어 본 스님의 새 책이 더 많은 이들에게 사랑받을 수 있길 기원합니다.
저처럼 100명도 넘는 큰 공동체에서 빠듯한 날질서를 따라가다 보면 암자에 홀로 사는 스님이 문득 부러울 때도 있지만 끊임없이 인내하며 자기를 극복해야 할 과제는 어디에 있든 같은 것이겠지요? 노년의 나이 탓을 하고 환자라는 핑계로 자

꾸만 게으름의 늪으로 빠져드는 저를 이 책을 통해 돌아보게
해주시어 감사합니다. 스님이 찍으신 불일암의 사계절을 사
진으로나마 기쁘게 감상하며 언제 한번 실제로 향기로운 녹
차 한잔 스님과 마주 앉아 마실 수 있는 선물 같은 시간이 오
길 소망해봅니다. 그때는 제가 법정 스님과는 반대로 이렇게
말할 수 있겠지요? "산에서 눈과 마음을 씻고 바다로 돌아갑
니다"라고요!

2022년 늦은 봄
부산 광안리 성 베네딕도 수녀원에서
이해인 수녀 올림

아름다운 봄날에 꽃비가 나립니다.

따스한 봄 햇살을 받으며 새순은 하루가 다르게 세상을 물들이고 있습니다. 텅 빈 방에 홀로 앉아 있으면 창호지 너머로 다가오는 햇살이 마음을 데워줍니다. 1년 365일 날마다 떠오르는 햇살이지만 날마다 햇살의 온도가 다르고 느낌도 다릅니다. 우리 삶에 단 한순간도 같은 순간이 없듯이 같은 듯 다른 날들입니다.

봄 향기 그윽한 계절, 청정한 산사에도 코로나바이러스가 도둑처럼 다가와 심하게 겪고 나니 새로 태어난 기분입니다. 도시에 사는 친지들에게 코로나 조심하시라고 당부했는데, 보이지 않는 바이러스가 저에게 올 줄은 상상을 못 했습니다. 삶에 예외는 없습니다. 우리는 이 작은 지구별에서 더불어 살기에 함께 힘들어하고 함께 기뻐합니다.

2년여 동안 코로나 팬데믹 속에서 우리 삶에 많은 변화가 왔습니다. 비대면으로 가까운 이웃과도 거리를 두고 지내야 했던 시간들! 정말 무엇이 중요한 것인지 생각하게 한 소중한 시간이었습니다. 이제 서서히 코로나에서 벗어나 일상으로 돌아가고 있습니다.

인생에 정답은 없지만, 다시 시작하는 우리에게 마음의 도 반이 되었으면 하는 바람으로 7년 만에 두 번째 책《다시 여행을 시작하는 그대에게》로 인사를 올립니다.

여기 글들은 BBS 불교방송 문자서비스 '아침을 여는 덕조 스님의 향기 소리'에 날마다 쓴 마음의 기록입니다. 순간의 느낌은 기록되지 않으면 잊히고 맙니다. 느낌은 기억의 창에 저장되고, 기억의 창 너머로 세상을 바라봅니다. 때로는 기쁨으로, 때로는 슬픔으로 물결처럼 다가옵니다. 이러하듯 마음의 그림자는 순간순간 바뀝니다.

햇살의 움직임에 따라 그림자가 바뀌듯 날마다 나의 마음의 그림자도 다릅니다. 마음은 하나인데 그림자는 팔만사천 가지입니다. 책의 부제로 '길 위에서 읽는 마음 이야기'라고 이름 붙였지만, 마음 이야기는 망상의 꽃이고 마음의 흔적입니다.

날마다 새벽 3시에 일어나 예불 올리고, 간단히 죽 지어 먹고, 채마밭을 일구고, 마당을 쓸면서 늘 마음을 바라봅니다. 그리고 좌복 위에 앉아 마음 장난하는 자신을 바라보며, '나는 누구인가?' 스스로 묻고 '수행자'라고 스스로 답합니다.

창문을 열면 맑은 바람과 영롱한 별들이 마당에 내려앉은 적막한 불일암에서 13년! 은사 법정 스님께서 주신 불일암과 카메라! 은사 스님의 향기가 가득한 불일암에서 '나는 왜 이곳에서 있는가?' 스스로 묻습니다.

지난 10년은 은사 스님 유언을 따르며 수행했다면, 지금은 은사 스님의 마음과 하나 되기 위해 살고 있습니다. 흘러가는 구름도 바라보고, 대나무 바람도 쐬고 무소유 길을 걸으며 생각을 비우며, 한 해 한 살을 더해갈수록 은사 스님의 마음에 다가가고 있음을 느낍니다.

날마다 마당을 말끔히 비질해 놓고 나면 내 마음이 맑아지고 향기가 납니다. 그리고 스님께서 주신 카메라로 세상의 그림자를 찍습니다. 책 속의 사진은 자연 속에서, 여행길에서 눈으로 그린 그림입니다.

사진은 빛과 그림자입니다. 아름답지 않은 사물은 없지만, 그림자 없는 사물은 울림이 약합니다. 우리 삶의 진한 그림자에는 메아리가 있듯, 그림자가 작품을 만듭니다. 그림자 없는 사진은 향기가 없습니다. 그래서 눈 속에 담아두기 위해 그림자를 잡습니다.

우리의 삶은 찰나이고, 사진도 찰나의 모습입니다. 그 모습은 다시 반복하지 않습니다. 찰나의 모습이 기록에 담기듯 사진도 영원의 순간이 됩니다. 우리는 영원을 살지 못합니다. 이 순간을 잘 살기 위해서 날마다 다시 태어나고 다시 시작해야 합니다.

과거는 이미 지나갔습니다.

미래는 아직 오지 않았습니다.

우리는 지금 여기 있고 오늘을 잘 살아야 합니다.

오늘이 영원입니다.

오죽잖은 글들을 봄 여름 가을 겨울의 계절별로 나누고 다시 8가지 주제로 정리해서 책으로 묶었습니다.

이 책이 나오도록 수고와 도움을 주신 김영사 여러분과 추천서를 흔쾌히 써주신, 마음 함께하는 동백섬 이해인 수녀님께 감사의 인사 전합니다.

2022년 5월

불일암佛日庵 수류화개실水流花開室에서

덕조德祖 합장

푸르른 차밭 사잇길 걸으며

3. 오롯이 나로 산다는 것

● ● ●

하늘 높은 바람, 구름을 따르고

●●●● **후박나무 가지에 그리움 쌓이네**

7. 사랑은 쉼표에서

8. 말과 침묵

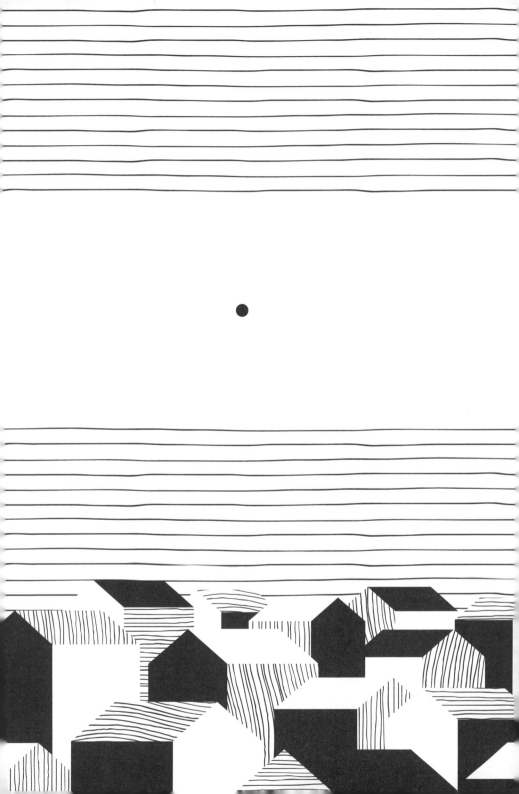

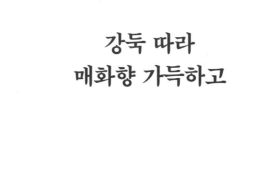

강둑 따라
매화향 가득하고

○

겨우내 앙상했던 나무들이 새 옷을 입고 있습니다.
자연으로 돌아간 생명이 새롭게 태어나는 탄생의 계절입니다.
《장자》에는 이런 구절이 나옵니다.

"삶은 죽음의 동반자요 죽음은 삶의 시작이니
어느 것이 근본인지 누가 알까?
삶이란 기운의 모임이다.
기운이 모이면 태어나고, 기운이 흩어지면 죽는다.
이와 같이 죽음과 삶이 같은 짝임을 안다면
무엇을 근심하랴."

죽음은 나그네가 버리고 간 흔적이고
태어남은 나그네가 다시 여행을 떠날 준비를 하는 모습입니다.
그래서 봄은 아름다운 계절입니다.

○

남쪽에는 봄비가 내렸습니다.
미세 먼지도 봄비에 씻겨 맑은 날씨입니다.

봄은 꽃의 계절입니다.

봄이 와서 꽃이 피는 것이 아니라

꽃이 피어서 봄입니다.

하지만 아름다운 꽃도 잠시

곧 피었다 집니다.

우리의 삶도 피었다 집니다.

영원한 꽃은 존재하지 않습니다.

우리도 봄 향기처럼 그저 잠시 왔다 갑니다.

텃밭에 나가 봄비를 맞으며

오이고추와 토마토, 오이와 가지를 심었습니다.

식물은 빗소리를 들으며 자랍니다.

농부는 비가 오면 모종을 옮겨 심고 밭을 일굽니다.

농사는 주인의 정성으로 풍성해집니다.

모든 것은 노력한 만큼 선물을 안겨줍니다.

○

봄비가 내리니 싱그런 잎사귀가 더 짙어졌습니다.

계절의 변화가 점점 빨라집니다.

꽃 축제는 꽃이 없는 가운데 열립니다.

미리 정해진 계절은 없습니다.
꽃은 날짜에 맞춰 피는 것이 아니라 기온에 따라 피고 집니다.
행복의 기준도 없습니다.
마음 따라 행복도 오고 갑니다.

○

동녘이 밝아오는 시간
새소리가 아름답습니다.
봄이면 만물이 생동하듯이
새소리가 아름다운 것은 부화하기 위함입니다.
아름다운 소리는 사랑의 소리입니다.
사랑이 있는 곳엔 부드러움과 아름다움이 있습니다.

○

나들이하는 사람이 많아졌습니다.
여행은 삶의 자양분입니다.
여행을 떠나십시오.
여행은 많은 가르침을 줍니다.

집을 나와야 새로운 세상을 만납니다.

틀 안에 갇혀 살면 그곳이 전부이지만

틀 밖으로 나오면 무궁한 세상이 존재합니다.

삶은 또 다른 여행입니다.

삶이라는 여행을 통해, 우리는 다른 삶의 모습을 보고 배워서

이해심이 깊고 속이 넓은 사람이 됩니다.

◯

꽃비가 나립니다.

꽃은 사람을 기다려주지 않지만

인연 따라 선물이 되기도 합니다.

꽃이 피고 짐은 인연법입니다.

자연의 이치는 우리들의 어리석음을 깨우쳐줍니다.

어리석은 사람은 깨우칠 수 있으나

똑똑한 사람은 깨우쳐줄 수가 없습니다.

모두가 시절 인연이고 영원하지 않다는 것을.

○

아름다운 하늘에서 꽃비가 내립니다.

봄바람에 산산이 흩날리는 꽃잎이 가슴에 안기고

싱그런 하늘 속에 꽃향기가 그윽합니다.

누가 '춘래불사춘春來不似春(봄이 와도 봄 같지가 않구나)'이라 했나요?

우리는 아름다운 꽃처럼 피었다 질 줄 알아야 합니다.

꽃이 피는 시절은 바로 지금입니다.

오늘이 지나면 어제의 꽃은 오늘의 꽃이 아닙니다.

그것은 바로 즉시현금卽是現今 갱무시절更無時節입니다.

우리가 사는 것도 오늘이지 내일을 살지 않습니다.

바로 지금이지 다시 호시절好時節은 없습니다.

그래서 살 때는 철저히 살아야 하고

죽을 때는 온전하게 죽을 수 있어야 합니다.

꽃처럼 아름답게 피고 질 줄 알아야 합니다.

우리의 인생의 봄날은 언제일까요?

아름다운 봄날처럼 하루하루를 아름답게 살 줄 알아야 합니다.

○

봄비가 대지를 촉촉이 적시니
자연의 소리가 싱그럽습니다.
숨었던 상추, 케일, 쑥갓 새순이 보이고
생명의 신비는 무無에서 유有를 보여줍니다.
생명은 어디서 왔다가 어디로 가는 것일까요?
자연의 윤회 속에서 색즉시공色卽是空을 봅니다.
있는 것도 아니고, 없는 것도 아닌 진공묘유眞空妙有입니다.

○

봄비가 내리고 산에 새순이 새롭습니다.
낙엽이 지듯 옛것은 사라지고
봄이 되니 날마다 새롭게 단장합니다.
옛것은 소중합니다.
소중하지만 오래 보관하기 어렵습니다.
새것이 낡아지고
낡으면 허물어지고 새로 태어납니다.
영원하지 않은 모든 것들.
집착하지 않는 마음이 우리를 평화롭게 해줍니다.

◯

봄비가 내려 아름다운 계절이 익어가고 있습니다.
비는 사랑이고 봄은 아름다움입니다.
아름다움과 사랑은 하나입니다.
사랑이 있는 곳에 아름다움이 있습니다.
메마른 마음에는 사랑이 없습니다.
마음에 촉촉한 감성이 존재해야 살아 있는 목숨입니다.
무미건조한 나의 삶이라면 봄나들이 떠나보십시오.
삶은 아름다워야 행복합니다.

◯

연못 속에 개구리 울음소리가 요란한 것을 보니
경칩이 지났나 봅니다.
봄이 오는 소리를 들으십시오.
소리 있는 소리만 들으려 하지 말고
소리 없는 소리를 들을 줄 알아야 합니다.
가만히 앉아 있으면 봄바람 소리, 빗소리도 들리고
개굴개굴 개구리 울음도 들립니다.
내가 정말 들어야 할 소리는

마음에서 일어나는 소리입니다.
소리 없는 소리를 들을 줄 알아야 합니다.

◯

산중의 아침 공기가 맑고 신선합니다.
숲 향기와 이슬이 배어 있어서 그렇습니다.
우리가 사는 공간에도 적당한 향기와 습도가 있어야 쾌적
합니다.
선선한 아침을 맞이할 수 있어야 하루가 즐겁습니다.
창문을 활짝 열고 마음도 활짝 열고 새날을 시작하십시오.
아침을 어떻게 맞이하느냐에 따라 오늘의 삶이 달라집니다.
모든 것은 자신이 어떻게 하느냐에 따라 달라집니다.
기분 전환도, 좋은 환경도 자신이 만듭니다.
선물로 받은 오늘!
행복하게 보내십시오.
오늘은 보너스 선물입니다.

당신, 그대로가
꽃입니다

행복의 샘

○

내가 사는 집은 나의 모습입니다.

나의 공간은 나의 생각입니다.

나의 모습은 내 마음의 형상입니다.

모이는 곳을 피하려면, 내 집이 행복한 곳이어야 합니다.

기분을 좋게 해주는 공간을 만들어보십시오.

좋아하는 것에 몰두하면 자기만의 만족감을 얻을 수 있습니다.

'좋아함' '즐거움'은 마음의 특효약입니다.

○

행복은 결코 먼 곳에 있지 않습니다.

행복은 감사함, 사랑스러움, 아름다움, 소소한 것에 있습니다.

행복은 많고 큰 것에 있지 않고

작은 것으로 만족하는 데 있습니다.

텅 빈 공간에서 충만을 느끼는 것!

차 한잔에 만족하는 것!

○

세상에서 가장 행복한 사람은

자기가 하고 싶은 일과 해야만 하는 일,

하고 있는 일이 일치하는 사람이라고 합니다.

당신은 행복한가요?

행복하지 않다면, 왜 행복하지 않은가요?

하고 싶은 일만 하는 사람이 얼마나 된다고 생각하나요?

대다수 사람은 원하지 않는 일을 하는 경우가 많습니다.

하지만 해야만 하는 일이라면, 되도록 유쾌하게 하십시오.

그래야 능률도 오르고 피로하지 않고 살아 있는 기쁨을 누리게 됩니다.

기쁨이 없는 곳에는 삶도 있을 수 없습니다.

어떤 일이고 열의를 갖지 않으면 큰일을 해낼 수 없습니다.

"일이 즐거우면 인생은 낙원이고, 일이 의무일 때 인생은 지옥입니다."

인생을 즐겁고 향기롭게 만들어가야 합니다.

○

행복은 선택입니다.

부자가 되려면 돈을 많이 벌면 되고

행복하려면 보시布施를 많이 하면 됩니다.

돈이 많으면 좋은 집은 살 수 있지만, 좋은 꿈자리를 살 수는 없습니다.

복은 허공에 쏜 화살과 같아서 복이 다하면 땅으로 떨어집니다.

그래서 복은 나눠야 합니다.

인색한 사람은 좋은 집에 살지만, 꿈자리는 좋지 못합니다.

집도 좋고 꿈자리도 좋아지려면 베풀고 또 베풀어야 합니다.

그러면 마음도 평안해집니다.

많이 베푸는 사람은 두려움과 공포가 없지만

인색한 사람은 두려움과 겁이 많습니다.

○

행복하십니까?

행복은 누가 주는 것이 아니며 저절로 찾아오지도 않습니다.

행복은 마음 한구석을 비워놓아야 생깁니다.

행복은 소박한 것에서 생깁니다.

행복은 내가 만드는 선물입니다.
모든 일에 최선을 다해 노력하고 아무것도 바라지 않아야
행복의 샘이 솟아납니다.
바라면 불행이 다가오고, 무심하면 행복해집니다.
행복의 샘은 과거의 일에 후회하지 않고
오지 않은 미래의 일에 걱정하지 않아야 솟아납니다.

○

주는 일은 받는 일보다 더욱 만족스럽고 더욱 즐겁습니다.
사랑은 받기만 하면 교만해져서 무디어집니다.
샘물은 퍼낼수록 맑게 고이듯이
줄수록 넉넉해지는 것이 사랑입니다.
성숙하지 못한 사람은
당신이 필요하기 때문에 나는 당신을 사랑한다고 하지만
성숙한 사람은
당신을 사랑하기 때문에 당신이 필요하다고 합니다.

행복은 지금 여기에

○

행복은 지금 당신이 서 있는 곳에 있습니다.
"행복은 습관이다"라는 말이 있듯이
인생은 내 안에 있고, 행복은 내가 만들어갑니다.
"네 믿음은 네 생각이 된다. 네 생각은 네 말이 된다.
네 말은 네 행동이 된다. 네 행동은 네 습관이 된다.
네 습관은 네 가치가 된다. 네 가치는 네 운명이 된다."
간디Gandhi가 말했듯이,
모든 것은 내 마음에, 내 손에 달렸습니다.
행복은 내 곁에 있습니다.

○

사람은 행복하기 위해 태어난 존재입니다.
서로 사랑하십시오.

멀리 떨어져 있는 사람보다
가까이 있는 사람부터 사랑하십시오.
사랑이 없는 곳에 삶이 있을 수 없습니다.

○

행복하십니까?
행복한 당신은 그대로가 꽃입니다.
꽃을 피울 때는 꽃을 피우고
씨앗이 맺힐 때는 씨앗을 뿌리고
그대로 자유롭게 행복입니다.
행복은 사고파는 것이 아닙니다.
행복하지 않은 당신은 감사함을 모르기 때문입니다.
삶은 감사함입니다.

내 인생에 초대하고 싶은 것들

○

사람들은 인생에 오점을 남기고 싶어 하지 않습니다.

큰일 나는 것도 아닌데, 망설이고 두려워하는 일들이 많습니다.

변화가 필요하다고 말하며

새로운 시각이 필요하다고 생각하면서

정작 작은 변화조차도 두려워하여

아무런 새로운 시도도 하지 못합니다.

망설이고, 주저하고 우유부단해서

실수로 인하여 오점을 남기지 않을까

자기 생각의 폭을 제한하고 활동을 제한하며

인생을 소극적으로 사는 것이

진짜 오점을 남기는 것 아닐까요?

○

마음을 청소할 줄 아는 사람에게는 행복이 깃들고
외모만 가꾸는 사람에게는 행복이 달아납니다.
일을 기쁘게 하는 사람은 행복하고
죽지 못해 일한다고 생각하는 사람은 불행합니다.
지식만 가지려는 사람은 불행하고
지혜까지 얻으려는 사람은 행복합니다.
원망이 앞서는 사람은 불행한 사람이고
고마움을 기억하는 사람은 행복한 사람입니다.
행복을 배우려는 사람에게는 행복한 내일이 기다리지만
행복을 배우지 않는 사람에게는 행복이 다가오지 않습니다.
행복과 불행은 그냥 오지 않습니다.
모두 자신이 초대하여 찾아오는 것입니다.

○

우리 마음속에 무엇을 담아두는가에 따라 인품이 달라집니다.
불만, 시기, 불평 등 좋지 않은 것들을 가득 담아두면
욕심쟁이 심술꾸러기가 되는 것이고
감사, 사랑, 겸손 등 좋은 것들을 담아두면

남들로부터 대접받는 사람이 됩니다.
내 그릇에 무엇을 담는가 하는 것은
그 어느 누구의 책임도 아니고
오직 '자기 자신'의 책임입니다.
사람마다 마음을 지녔는데 크기는 다 다릅니다.
사랑을 담으면 무한한데 욕심을 담으면 찻잔보다 작아집니다.
마음 그릇이 나의 모습입니다.

○

감사할 줄 아는 사람은 마음을 낮출 줄 알고
겸손해서 감동을 줍니다.
감사하는 마음은 빛이 어둠을 뒤덮어 버리듯
두려움을 뒤덮을 수 있습니다.
모두를 기쁘게 만드는 재주는 감사함에 있습니다.
감사는 하늘과 땅을 감동하게 합니다.

○

집착은 희생할 줄 모르고
사랑은 희생할 줄 알며
집착은 계산된 행동이지만
사랑은 끝없는 자기희생입니다.
집착은 기다림이 곧 고통이지만
사랑은 기다림이 곧 행복입니다.

기적은 아주 작은 것에서부터

○

기적은 아주 작은 것에서부터 시작됩니다.

당신의 습관을 바꾸면 기적이 일어납니다.

인생의 하루하루에 수많은 기적이 기다리고 있습니다.

아침 3분의 습관만으로도 인생의 기적을 만들 수 있습니다.

세수하고 거울 보며 미소 짓는 습관을 만드십시오.

그리고 내면을 살펴보십시오.

그리고 심보를 고치십시오.

눈에 보이는 것보다 보이지 않는 것이 더 중요합니다.

습관을 고치면 우리 인생에 변화가 일어납니다.

○

어리석은 사람은 할 수 있는 일은 하지 않고

반대로 할 수 없는 일을 하려고 애를 씁니다.

그러나 지혜로운 사람은 할 수 없는 일은 하지 않고
자기가 할 수 있는 일을 열심히 합니다.
지혜로운 사람은 그 무엇도 자기 것이라 여기지 않습니다.
진실로 아무것도 갖지 않은 사람,
집착심이 없는 사람은 행복합니다.

고난과 근심

○

고난과 근심은 다릅니다.

고난은 사람을 강하게 하지만

근심은 사람을 병들게 합니다.

우리에게 주어진 고난은 강인하게 만들어주지만

근심은 이유 없는 불안만 가져다줍니다.

존재하지 않은 근심은 욕심에서 오는 망상입니다.

고난은 나아가야 할 길입니다.

고난을 장애라고 생각하지 마시고

디딤돌로 삼아 극복하십시오.

고난은 우리 곁에 늘 함께합니다.

고난은 우리에게 주어진 숙제이고

숙제는 풀고 가야 합니다.

근심하는 시간에 고난을 극복하면

내일은 향기로운 햇살이 비출 것입니다.

○

고통이 남기고 간 자리에 깊은 상처가 남아 있습니다.

고난이 지나간 자리에 기쁨이 스며듭니다.

삶이란 하나의 기적이고 사소한 것은 하나도 없습니다.

아름다운 꽃은 시들지만 그 자리에는 씨앗이 남아 있습니다.

마음을 넉넉하게 쓰십시오.

가불하지 말아요

○

봄날이 간다!

여름이 온다!

가을이 간다!

겨울이 온다!

가고 옴은 어디에도 없는데

우리는 온다고 하고 간다고 합니다.

가고 옴은 내 마음이 정할 뿐

세상은 그대로입니다.

내 마음을 어디에 둘 것인가요?

가고 옴이 없는데 어디에 둘 것인가요?

○

불안한 사람은 생각이 미래로 가 있고,

화난 사람은 생각이 과거로 가 있습니다.

불안은 오지 않는 일을 미리 염려하는 것이고,

화는 이미 끝난 일인데 다시 과거로 돌아가는 어리석은 마음입니다.

불안과 화는 모두 무지에서 생긴 일입니다.

한 생각을 되돌리면 아무것도 아닌 일입니다.

○

'귀찮은 일이다, 괴로운 일이다, 힘든 일이다' 하고 생각하는 것이, 그 일을 귀찮고 괴롭고 힘들게 만듭니다.

일을 시작하기도 전에 흥미부터 잃고 머리 무거워하고

고통스러운 일을 치러야 한다고 생각합니다.

이 같은 정신상태가 곧 고통과 괴로움입니다.

실제로 일을 당해보면,

육체의 고통이나 괴로움은 그다지 큰 것은 아닙니다.

걱정과 고통을 가불하지 마십시오.

걱정과 고통을 가불하여 늘 빚쟁이처럼 힘들게 살지 마십시오.

○

사람들이 불행한 이유는 단 한 가지뿐입니다.

그것은 자기 자신이 행복하다는 사실을 잊어버리고 남과
비교하기 때문입니다.

시간은 시냇물과 같습니다.

한번 흘러가면 결코 다시 돌아오는 법이 없습니다.

자신의 삶을 후회하지 않는 방법은

황금 같은 지금 이 순간을 행복하게 보내는 일입니다.

지금 이 순간!

○

중생은 생각을 일으키는 순간,

과거의 일이나 일어나지 않은 미래의 생각을 합니다.

지금을 살면서 생각은 현재에 머물지 않습니다.

삶은 현재입니다.

생각이 지금에 머물러 있어야 참되게 살 수 있습니다.

과거나 미래를 생각하지 마십시오.

지금이 과거가 되고 미래가 되는데

이미 지난 과거나 미래를 생각할 필요가 없습니다.

세상을 가슴으로 안으면

○

당신이 이 세상에 태어난 것은
마음껏 행복하고 사랑하라는 의미입니다.
당신이 고통받는 것은 세상을 사랑하지 않기 때문입니다.
고독한 당신!
세상을 가지려 하지 말고 사랑으로 세상을 품으십시오.
가슴으로 안으면 사랑이 됩니다.

○

스스로 선택한 가난은 가난이 아닙니다.
선택한 가난은 청빈이자 풍요입니다.
그러나 주어진 가난은 고통이 됩니다.
삶은 선택입니다.
행복도 불행도 선택입니다.

어쩌면 우리는
즐거운 가운데 고통을 선택하고
행복한 가운데 불행을 선택하여
힘든 삶을 살고 있는지도 모릅니다.
그래서 선택이 중요합니다. 자세히 나를 살펴보십시오!
나 자신은 무엇을 선택해서 살고 있는지를.

○

지금 마음이 답답하십니까?
당신을 누가 구속합니까?
가만히 생각해봅니다.
마음이 답답한 것은 어디서 온 것입니까?
나를 구속하는 것은 나 자신입니다.
나 스스로 나의 세계를 만들어놓고 갇혀 살고 있습니다.
나의 세계에서 벗어나 자유를 만끽하십시오.
자유란 상대적인 개념이 아닌 절대적인 개념입니다.
스스로 만든 울타리만 벗어나면 바로 자유입니다.
고정관념의 울타리를 벗어나십시오.
고정관념을 벗어나면 당신은 자유입니다.

나로 살아가는 용기

○

삶은 영원하지 않습니다.

영원하지 않은 나의 삶을 어떻게 사느냐가 숙제입니다.

우리는 두 얼굴을 하고 살아갑니다.

두 얼굴이란, 남을 의식해서 보여주는 모습과

남을 의식하지 않는 그대로의 나입니다.

우리는 남을 의식하다 보니 온전하게 나답게 살지 못하고
있습니다.

그래서 삶에 만족하지 못하고 불행하게 삽니다.

나답게 살고 싶다고 하면서

남의 눈이 무서워 내 삶을 살지 못하는 우리!

삶이 영원하지 않기 때문에

하루라도 나답게 살 필요가 있습니다.

내일도 내가 존재할지 모르기 때문에

오늘부터라도 나답게 살려고 노력해야 합니다.

○

나는 왜 네가 아니고 나인가?

묻고 또 물어야 자신을 바라보고 찾을 수 있습니다.

우리는 걸어가면서 내가 살아 있다는 사실을 확인합니다.

살아 있기에 끊임없이 움직이고 숨을 쉽니다.

당신이 살아 있다는 것을 자신에게 확인하십시오.

말이 아닌 행동으로 스스로에게 말하십시오.

"왜 나는 나인가?"

스스로 물으며 살아야 합니다.

마음먹기에 따라

○

인생은 소유가 아니라 존재이며
존재는 각자의 몫입니다.
인생의 여유는 자유로움입니다
살다 보면 몸이 매여 어렵기보다
마음이 매여 힘들지요.
아는 것이 많으면 불만이 쌓이고
무지하면 불안하게 삽니다.
작은 불행도 현미경으로 바라보고
고통스러워하기 일쑤입니다.

○

우리의 잘못된 생각을 바꿀 수 있는 것은
한순간 생각의 전환입니다.

마음먹기에 따라 모든 것이 달라집니다.

'자살'이라는 말도 생각을 바꾸어 거꾸로 보면 '살자'가 됩니다.

탐욕과 집착을 끊으면 극락정토가 됩니다.

마음먹기에 따라서 천국과 지옥이 한순간에 바뀝니다.

생각을 바꾸십시오.

한 생각을.

○

아침마다 세수를 하고 얼굴에 화장을 합니다.

마음은 하루에 몇 번 씻나요?

마음을 씻고 마음마저 화장하는 사람은 행복하고

얼굴만 화장하고 마음을 씻지 않는 사람은 불행합니다.

마음의 때를 씻고 마음에 화장해주십시오.

그래야 안과 밖이 아름답습니다.

지금 행복하여라

○

"행복해지고 싶거든 행복하여라!"

어떤 사람이 불안과 슬픔에 싸여 있다면

그는 이미 지나가 버린 과거의 시간에 아직도 매달려 있는
것입니다.

또 누가 미래를 두려워하면서 잠 못 이룬다면

그는 아직 오지도 않은 시간을 미리 쓰고 있는 것입니다.

과거나 미래에 한눈을 팔면 현재의 삶이 소멸해버립니다.

지금 이 자리에서 최선을 다해 살 수 있다면

모두 다 행복입니다.

○

행복한 사람은 지금을 사는 사람입니다.

행복한 사람은 날마다 새롭게 태어납니다.

행복은 환경에서 오지 않습니다.

행복은 내가 하고 싶은 일을 할 때 오는 것이고

스스로 만족하는 데서 옵니다.

행복은 미래와 과거에 있지 않고 늘 지금입니다.

행복의 분량

○

행복하십니까?

우리는 믿음의 양만큼 행복해지고

의심의 양만큼 불행해집니다.

자신감의 양만큼 행복해지고

두려움의 양만큼 불행해집니다.

희망의 양만큼 행복해지고

절망의 양만큼 불행해집니다.

늘 새롭게 행복해야 합니다.

믿는 만큼, 사랑하는 만큼, 베푸는 만큼, 비우는 만큼 행복은 채워집니다.

삶에 최선을 다하면 행복은 나의 손안에 있습니다.

○

하나의 양초로 수천 개의 양초를 밝힐 수 있습니다.

그래도 그 양초의 수명은 짧아지지 않습니다.

행복은 나눌수록 작아지는 게 아니라 더욱더 커집니다.

수천 개의 양초를 내가 혼자 가져야 행복하다는 생각은 욕망입니다.

양초 하나로도 수천 개의 촛불을 켤 수 있는데도 말입니다.

남을 배려하는 마음이 세상을 아름답게 만듭니다.

행복을 나눌 줄 아는 사람이 많은 세상

그곳이 진정 좋은 세상입니다.

봉일암, 드론 촬영

다 쓰고 죽어라

○

《다 쓰고 죽어라》라는 책에서 스테판 폴란Stephen M. Pollan은
말합니다.

"자식에게 물려줄 생각 말고 여생을 최대한 즐겨라.

유산이 없으면 자식들이 돈 가지고 다툴 일도,

가산을 탕진할 일도 없다."

다 쓰고 죽으라는 말은 결국 후회 없이 살라는 말입니다.

이 세상을 위하여 몸을 다 쓰고 떠날 때

모두 써야 할 것이 비단 재산만은 아닙니다.

몸도 마음도 정신도 그렇습니다.

예쁘게 아름답게 고귀하게 모셔두고 자랑하려고

가꾸고 배우는 것이 아닙니다.

힘들게 쌓은 삶!

다 쓰고 죽는 일이 아름다운 마무리입니다.

○

세상에는 죽을 때까지 끝없는 일들로 가득합니다.

소중하지 않은 일은 없습니다.

하지만 소중한 일에도 순서가 있습니다.

나에게 가장 소중한 일이란 무엇일까요?

소중한 일이 뒷전으로 밀려 후회하는 일이 없도록 하십시오.

후회가 많으면 고통이 나를 힘들게 합니다.

헐렁한 행복

○

플라톤은 행복하기 위한 다섯 가지 조건을 이렇게 말했습니다.

첫째, 먹고 입고 살기에 조금은 부족한 듯한 재산

둘째, 모든 사람이 칭찬하기엔 약간 부족한 외모

셋째, 자신이 생각하는 것보다 절반밖에는 인정받지 못하는 명예

넷째, 남과 겨루었을 때 한 사람에게는 이기고 두 사람에게는 질 정도의 체력

다섯째, 연설했을 때 듣는 사람의 절반 정도만 박수를 보내는 말솜씨

플라톤이 제시한 행복의 조건의 공통점은 '부족함'입니다.

뭐든지 약간 부족한 게 좋습니다.

○

마음 한번 돌리면 세상이 극락이지만
어리석은 중생은 극락을 두고 지옥에 삽니다.
세상에 행복은 가득한데 불행만 찾아다닙니다.
사람들은 모두 자신의 방식대로 행복을 발견하고 지옥에서
삽니다.
마음 한번 바꾸면 극락이고 행복인데 말입니다.
그 생각만 놔버리면 되는데 놓지 못하여 중생 노릇을 합니다.

○

우리는 집착하지 말라고 하면
아무것도 하지 않으려고 합니다.
돈에 집착하지 말라고 하면
돈 버는 일을 아예 그만두려고 합니다.
어떤 것에 매달리는 것은 집착이지만,
일방적으로 거부하는 것도 집착입니다.
매달림과 거부,
그 어느 쪽에서도 자유로운 것이 중도中道입니다.
분별하지 않고 집착하지 않을 때 행복해집니다.

이 또한 지나가리라

○

"시냇물에서 돌을 치워버리면 냇물은 노래를 잃는다"는
서양 속담이 있습니다.
조용하던 우리의 삶에도 정신적으로나 육체적으로
고통이 찾아올 때가 더러 있습니다.
음악에 박자와 멜로디가 있는 것처럼
우리의 생활에도 리듬이 있고 멜로디가 있게 마련입니다.
고독과 고통과 번민 중에도 희망은 있고
시냇물에는 돌이 있기에 노래가 있음을 알아야 합니다.

○

자신의 삶에 변화를 원한다면 충분히 아파해야 합니다.
하루아침에 세상이 바뀌지 않듯이
삶의 변화를 원하는 사람은 끝없이 인내해야 합니다.

가장 향기로운 향수의 원액은

발칸산맥에서 피어나는 장미에서 추출된다고 합니다.

장미는 가장 춥고 어두운 자정에서 새벽 2시 사이에 따는데

한밤중에 가장 아름다운 향기를 뿜어내기 때문이랍니다.

인생의 향기도 가장 극심한 고통 속에서 만들어지는 것은

아닐까요?

인내하십시오. 지금 주어진 고통은 나의 시험대이고

이 시간이 지나면 진한 향수 같은 선물이 돌아올 것입니다.

시간의 산책자

멈추면 세상이 보인다

○

인디언의 속담에 말을 타고 너무 빨리 달리면
나의 영혼이 따라오지 못한다고 합니다.
그래서 잠시 기다렸다가 영혼이 따라오면 같이 간다고 합니다.
나는 바쁘게 몸만 혼자 가고 있지 않은가 살펴보십시오.
행동이 느리면 낙오하고,
빨라야 살아남을 수 있다는 강박관념 속에서
몸과 마음이 분주합니다.
빠르게, 더 빨리 정신없이 달리는 나는
어디로 가고 있는지 살펴보십시오.
빠르게 달리는 차 안에서는
밖의 사물을 제대로 볼 수 없습니다.
멈추지 않으면 닿을 수 있는 곳이 없습니다.
무엇을 위해 빠르게 달리나요? 앞선다고 행복할까요?
멈추면 세상이 보입니다.

생각을 멈추고 나를 살펴보십시오.
내가 지금 어디에서 무엇을 하는지 살펴보시고
영혼과 함께 가십시오.

○

서두르지 마십시오.
몸보다 마음이 앞서다 보면 실수를 하게 되고
화가 났을 때 행동을 하게 되면 화를 불러옵니다.
참는 것이 덕이란 말이 있듯이
시간이 지나면 절로 풀리는 경우가 있지 않습니까?
우리는 시간 속에 살지만
가끔 시간 밖에 있으면 여유가 생깁니다.
시간은 관념입니다.
시간 밖에서 세상을 바라보고 나를 바라보면
우리 모두 하나가 됩니다.

인생 여행법

○

이런 말이 있습니다.

"여행은 어디를 가느냐가 중요하지 않다.

누구와 떠나느냐가 중요하다."

순간순간 떠나는 여행!

날마다 떠나는 마음 여행!

당신은 지금 어디에 계십니까? 지금 어디로 가고 계십니까?

인생의 여행에 정해진 출발점은 없습니다.

출발 시간도 따로 있지 않습니다.

지금 서 있는 현재의 자리가 출발점이고,

지금 바로 이 순간이 출발 시간입니다.

지금 한 걸음 옮기는 순간, 여행의 시작입니다.

날마다 떠나는 인생 여행!

목적을 가지고 나침판을 가지고 떠나십시오.

그렇지 않으면 방황하는 여행이 됩니다.

○

인생은 내가 만들어가는 것입니다.

내일은 오늘의 삶 이상이어야 합니다.

이미 알고 있는 것에 자신을 가두지 마십시오.

오늘을 새롭게, 더 많은 새로움으로 자신을 채우십시오.

자신의 삶을 다른 사람의 틀에 가두지 마십시오.

아무도 가지 않는 길을 선택하는 것은

새로운 나를 만들어가는 것입니다.

가만히 앉아서 자신을 바라보십시오.

새로운 마음을 발견하게 될 것입니다.

미지의 땅을 즐거운 마음으로 여행하십시오.

즐거움이란 같은 삶의 반복이 아닌 새로움에서 오는 것입니다.

○

복잡한 일이 있을 때 잠시 여행을 떠나보십시오.

마음이 안정되고 편안해질 것입니다.

문제가 있을 땐 그곳에서 벗어나는 것이 우선입니다.
그리고 객관적인 입장이 되어 바라볼 필요가 있습니다.
내 일은 나 자신이 중심이 되어 주관적인 판단을 하지만
나의 일이 아니면 객관적인 입장에서 다 보입니다.
마치 높은 지구 밖에서 우주를 바라보듯이….

○

삶의 진리는 단순합니다.
내가 덜 가지면 문제가 없고
내가 더 가지려면 문제가 생깁니다.
이것이 중생계의 삶입니다.
그래서 양보의 미덕이 아름다운 것입니다.

○

우리는 이 지구별에서의 여행객입니다.
지구 여행객들은 마음의 병에 시달리고 있고
손에 잡히지 않는 것을 찾아 헤매고 있습니다.
남의 기준에 맞춰 사느라 바빠서

저마다 '나의 모습'을 잃어버렸습니다.

이제부터라도 내가 하고 싶은 일을 하며 사십시오.

나의 삶은 내 것입니다.

지구별 여행이 언제 끝날지는 아무도 모릅니다.

아름다운 여행을 하십시오.

○

여행은 새로 태어남이요, 배움입니다.

나이를 먹는다는 것은

한편으로는 몸이 불편해지고 생각이 굳어져간다는 것입니다.

마음과 몸이 굳어지기 전에 아름다운 별과 바다를 보러 떠나십시오.

여행은 보고 느낌으로 나의 고정관념을 깨는 일입니다.

재방송이 없는 인생

○

인생은 단 한 번뿐입니다.

재방송이 없습니다.

늘 생방송입니다.

삶의 한순간 한순간이 지나가면 끝입니다.

인생은 여행을 가는 것과 비슷합니다.

즐거운 마음으로 여행을 하십시오.

하루뿐인 오늘!

긍정적인 마음으로 세상을 맑히고 나를 행복하게 만드십시오.

○

삶과 죽음의 사이는 한 호흡에 달렸습니다.

삶은 과정이고

나그네가 걷는 마음의 여행길이라 할 수 있습니다.

우리는 지금 그 길에서 잠시 머물다 갑니다.
잠시 머물다 가는 삶의 여정!
하고 싶은 일을 하고 최대한 후회 없이
행복하게 살다 가야 합니다.
다시 돌아오는 길은 없기 때문입니다.

여행의 때

○

지금 떠나십시오. 떠나지 않고는 새로움을 찾을 수 없습니다.
우리가 태어났기 때문에 이곳에 살고 있고
이생을 떠남으로써 새로운 생을 맞이합니다.
떠남은 갇힌 생각에서 벗어남이고,
이로 인해 새로운 세계를 만나게 됩니다.
한 생각을 버리면 새로운 세상이듯이
여행을 떠나보면 다른 곳이 존재함을 발견합니다.
내가 사는 곳이 전부가 아니라는 사실을 알아야 합니다.
몸과 마음 곁을 떠나보면
고정관념 갇혀 살았다는 것을 발견하게 될 것입니다.
도전과 모험을 두려워하지 않으면
나에게 주어진 하루하루가 신비요 기적입니다.
하루를 시작하면서 내 인생의 마지막이라고 생각한다면
이 순간 가장 소중할 것입니다.

그래서 순간을 마지막처럼 사용해야 합니다.

○

날마다 여행을 떠납니다!
얼마나 좋은 곳을 가느냐가 아니라
내가 가고 싶은 곳을 가는 것이 중요하고
그곳에서 누구를 만나느냐가 중요합니다.
아는 만큼 보인다고 하듯
마음으로 느끼며 눈으로 찍어 마음에 담습니다.
눈을 감으면 앉아서도 더 멀리 가고
만나는 사람도 더 많습니다.
여행은 인생 공부이자 마음 공부입니다.
마음 여행을 떠나보십시오.
생각이 한곳에 머물면 집착이 생기고
마음이 흘러야 향기롭습니다.
여행자처럼 살아야 합니다.
여행자는 순간순간을 즐거움으로 살아갑니다.
어디에도 집착하지 않고
날마다 감사한 마음으로 하루를 보냅니다.

그리고 새로운 것을 보고 내일을 꿈꿉니다.

어디에도 집착하지 않는 여행자처럼

우리는 이렇게 왔다 이렇게 갈 수 있어야 합니다.

그래야 오늘이 행복하고 내일이 즐겁습니다.

우리는 지구별을 여행하는 순례자들입니다!

번뇌의 무거운 짐을 내려놓고 가벼운 마음으로 즐거운 여행을 하시길….

지나간 것은 지나간 것으로

○

모든 것은 시간이 해결해준다는 말이 있습니다.

우리가 사는 일, 죽는 일이 시간 속에 있기 때문입니다.

시간이란 우리가 만들어놓은 틀입니다.

그 틀에 내가 갇혀버리면 자유롭지 못합니다.

내가 만들어 놓은 틀에서 벗어나보십시오.

세상이 뒤집히는 것이 아니라

내가 익숙하지 않아서 불편할 뿐입니다.

시간이 지나면 익숙해지고 편안해집니다.

시간에서 벗어나면 자유인이 됩니다.

나를 힘들게 하는 그곳을 벗어나면 자유인입니다.

그래서 시공時空을 초월하면 대자유인이라 했습니다.

자유인이 되십시오.

지금 이 순간, 그곳을 벗어나면 됩니다.

○

지나간 일에 집착하지 말아야 합니다.

지나간 일에 화내는 것은

깨진 유리 조각을 손에 쥐는 것과 같습니다.

손에 힘을 줄수록 피는 더 많이 납니다.

놔버려야 합니다.

깨진 유리 조각에 집착하는 것은 어리석은 일입니다.

○

시간은 시냇물과 같습니다.

한번 흘러가면 다시 돌아오는 법이 없습니다.

자신의 삶을 후회하지 않는 방법은

황금 같은 이 순간을 행복하게 보내는 일입니다.

다시 오지 않을 이 순간을.

인생이란 모래시계의 모래알처럼 끊임없이 빠져나가는 것
입니다.

마지막 모래알이 떨어지는 것처럼

인생의 마지막 날이 올 것입니다.

나에게 그 마지막 날이 오면 어떻게 살아야 할까요?

살 날이 딱 하루밖에 남지 않았다면 무엇을 해야 할까요?

오늘 하루가 그 마지막 날처럼 소중합니다.

삶이란 하루하루가 기적이고 사소한 것은 하나도 없습니다.

아름다운 꽃은 시들지만

그 자리에는 씨앗이 남아 있습니다.

마음을 넉넉하게 쓰십시오.

꽃씨를 뿌리고 다니는 사람처럼.

○

살다 보면 일이 잘 풀릴 때가 있습니다.

그러나 그리 오래 가지 않습니다.

살다 보면 일이 잘 풀리지 않을 때가 있습니다.

이것도 오래 가지 않습니다.

3%의 소금이 바닷물을 썩지 않게 하듯이

우리 마음 안에 있는 3%의 고운 마음씨가 세상을 바꾸고

우리의 삶을 지탱하고 있는지도 모릅니다.

시간의 걸음걸이

○

시간의 걸음걸이에는 세 가지가 있습니다.

미래는 주저하면서 다가오고

현재는 화살처럼 날아가고

과거는 영원히 정지하고 있습니다.

시간의 참된 가치를 알고

그것을 붙잡으십시오.

그리고 그 순간순간을 즐기십시오.

게으르지 말고,

오늘 할 수 있는 일을 내일까지 미루지 마십시오.

하루하루를 우리의 마지막 날인 듯이 보내야 합니다.

오늘 하루 이 시간은 당신의 것입니다.

시간을 낭비하지 마십시오.

시간과 정성을 들이지 않고 얻을 수 있는 결실은

하나도 없습니다.

깨어 있는 마음으로 나를 만들라

○

자신의 삶은 자신이 만들어갑니다.

나의 작은 습관들이 모여 나를 만들어갑니다.

항상 긍정의 눈으로 세상을 보는 습관

항상 긍정의 말만 하는 습관

남에게 뭔가 주는 것을 기뻐하는 습관

문제만 제시하지 않고 대안도 제시할 줄 아는 습관

그런 습관들을 만들며 맑은 삶을 살아가는 것이 중요합니다.

○

지식은 기억으로부터 옵니다.

지혜는 명상으로부터 옵니다.

지식은 밖에서 오지만 지혜는 안에서 움틉니다.

안으로 마음의 흐름을 살펴서 나를 만들어야 합니다.

모든 것이 최초의 한 생각에서 싹이 틉니다.

최초의 한 생각을 지켜보는 것이 명상입니다.

○

나를 만드는 것은 바로 자신의 생활 습관입니다.

우리에게 주어진 시간은 누구에게나 똑같이 하루 24시간입니다.

이 24시간을 어떻게 나누어 쓰느냐에 따라

인생이 달라집니다.

하루에 한 시간은 조용히 앉아 있는 습관을 들여보십시오.

세상의 소리보다 마음의 소리가 들릴 것입니다.

이런저런 생각 끝에 잠들지 말고

조용히 명상하다가 잠들어보십시오.

꿈자리가 조용하고 맑은 정신으로 아침이 열릴 것입니다.

무슨 일이나 최선을 다하고

그 결과에는 집착하지 마십시오.

최선은 나의 능력이고 집착은 고통을 불러옵니다.

우리 삶은 이렇게 형성되어갑니다.

당신을 만드는 것은 바로 당신 자신의 생활 습관입니다.

지금 이 순간

○

우리가 사는 것은 오늘 하루뿐입니다.
내일은 내일의 해가 뜬다 해도 그것은 내일의 해입니다.
내일은 내일의 문제가 우리를 기다리고 있을 것입니다.
미루지 마십시오.
크건 작건 그날 주어진 좋은 일을 하십시오.
그것이 자신의 삶을 빛나게 할 뿐 아니라 사람답게 사는 일
입니다.
좋은 일을 하는 사람의 얼굴은 아름답게 빛이 납니다.
마음에 행복이 가득 차기 때문입니다.
마음을 열면 행복이 들어옵니다.
자신의 마음을 열어놓으면
나와 네가 아니라, 모두 하나 되어
기쁨 가득한 세상을 만들게 됩니다.
행복은 추구의 대상이 아니라 결과로 얻어지는 것입니다.

부처님이란 대놓고 위로를 주시는 분이 아니고
적당히 무관심하면서 가만히 지켜봐주시는 분입니다.
진정한 관심과 사랑은 가만히 지켜보고 기다려주는 것입니다.

○

우리는 순간순간 선택을 해야 할 때가 많습니다.
그리고 자신이 결정한 것에 대해 후회할 때가 있습니다.
아무리 최고의 선택을 했다 하더라도
저것을 선택했더라면 하는 욕심은 생겨나게 마련입니다.
중요한 것은 내가 선택한 것에서
뒤돌아보지 않고, 앞서 보지 않고
지금 선택한 것이 최고임을 알아야 합니다.
그것은 당신의 복이니까요.

습관이 나를 만든다

○

사람은 습관을 먹고 삽니다.
사람은 자신도 모르는 사이
자신만의 습관에 길들어 있습니다.
이 습관이라는 것이 한 사람을 하늘의 별처럼 만들기도 하고
거리를 뒹구는 낙엽처럼 만들기도 합니다.
습관은 나의 업입니다.
우리 자신을 스스로 변화시킬 수 있어야
지혜로운 사람이 될 수 있습니다.
지혜로운 사람은 나쁜 습관을 바꿀 수 있는 사람입니다.
나쁜 습관이 나의 인생을 좌우한다는 사실을 알아야 합니다.

○

습관은 하루아침에 고쳐지지 않습니다.

오랜 세월 동안 익힌 애욕과 성냄과 어리석음은

우리를 힘들게 합니다.

불교에서 말하는 업業은 잠재된 습관입니다.

수행하면 사라진 듯하지만

수행을 멈추고 인연을 만들어주면

바로 살아나 제자리로 돌아갑니다.

그래서 우리들의 업을 고치려면 반복 또 반복해서

습관을 고쳐야 가능합니다.

마치 휘어진 대나무를 바로잡으려면

끈으로 반듯하게 묶어 오랜 시간을 보내야 가능해지듯이.

나쁜 습관을 고쳐야 나의 삶이 바뀝니다.

지금 습관을 고치지 않으면 늙어서 고생하게 됩니다.

○

행운은 먼 과거로부터 쌓아온 업의 결과입니다.

오늘 받은 복은 자신이 쌓아놓은 업과 비례합니다.

그러므로 현재의 행운에 만족하고 감사할 뿐

지나간 일에 미련을 두지 말아야 합니다.

오직 오늘 열심히 선업을 쌓고 노력하는 데서 즐거움을 찾으십시오.

내일 일은 오늘의 결과로 이루어집니다.

○

새로운 습관을 들이거나 낡은 습관을 버릴 때는
과감하게 결단해야 합니다.
습관은 반복되는 일이니 뿌리 내리기 전까지는
실수를 허용하지 말아야 합니다.
세상에서 가장 비참한 사람은
습관을 고치려고 하면서 습관적인 행동을 하는 것입니다.
물 한 잔을 마실 때도 매일 일어날 때와 잠들 때도
자신의 의지로 극복해야 새로 태어날 수 있습니다.
그렇지 않으면 후회하면서 인생을 허비하게 됩니다.

하루를 선물처럼

○

우리에게도 일출과 일몰이 있습니다.

일출은 어머니의 긴 울림 끝에 내가 태어남이요

일몰은 한 생을 마감하고 사라지는 것입니다.

해가 뜰 때는 주변이 노란빛으로 물들며 태양이 나타납니다.

멀리 있던 소리가 점점 가까워지듯 점점 밝아집니다.

그러나 해가 질 때는 가까운 소리가 점점 멀어지듯

또렷한 태양의 빛이 주변을 아름답게 물들이며 점점 사라

집니다.

우리 삶도 그러합니다.

태양이 뜨는 것은 태어남이요, 태양이 지는 것은 죽음입니다.

석양이 아름다우면 우리에게 감동을 줍니다.

올 때는 그냥 왔지만 갈 때는 아름다운 모습으로

감동으로 남아야 합니다.

그것은 먼 미래에 있지 않고 오늘에 있습니다.

오늘도 해가 뜨고 해가 지고 있습니다.
오늘 하루를 잘 보내고 아름다운 석양이 되어야 합니다.

○

잠에서 깨면서 우리는 새롭게 태어납니다.
어제는 과거로 흘러가버렸고
오늘은 어제의 오늘이 아니라 새로운 오늘입니다.
오늘은 새로운 선물입니다.
좋은 일을 생각하고 계획합시다.
이 마음속에 좋은 것을 가득 채웁시다.
마음에서 생각한다는 것은
무엇이든 이루게 하는 종자이며 힘입니다.
나의 운명은 내가 쥐고 있습니다.

○

오늘 살아 있음에 감사할 일입니다.
살아 있음은 순간순간 사랑을 나눌 수 있는 시간입니다.
언제 어디서 쓰나미가 밀려올지 모릅니다.

쓰나미란 바다에서만 일어나는 것이 아니라
내 마음에서도 일어납니다.
순간순간 일어나는 나쁜 생각을 없애야 합니다.
나쁜 생각이 쌓이면 그것이 내 마음의 쓰나미가 됩니다.
착한 일을 지으십시오.
하루 한 가지 좋은 말과 행동을 하십시오.
그래야 착한 일의 공덕으로 평안해집니다.

○

아름다운 꽃처럼 하루가 태어나고 있습니다.
삶은 날마다 만들어집니다.
인생의 답은 정해진 것이 아니라 만들어지는 것입니다.
오늘의 인생은 어제 반죽한 흙으로 오늘 구워져
새로운 작품으로 나열됩니다.
아름다운 꽃처럼 향기를 전하는 삶이어야 합니다.
깨지기 쉬운 도자기 같은 인생이지만 조심스럽게 다뤄
오래오래 골동품으로 자리매김을 해야 합니다.

○

인생은 나의 작품입니다.

하루를 계획하지 않으면 하루가 무의미하듯

꿈꾸지 않는다면 그 어떤 일도 일어나지 않습니다.

아침에 일어나 하루를 생각하듯

행복을 꿈꾸고, 사랑을 꿈꾸고

만나는 사람마다 밝은 미소를 건넨다면

행복한 하루가 될 것입니다.

사소한 기회들이 때로는 커다란 일의 시작이 됩니다.

재물을 스스로 만들지 않으면 사용할 권리가 없듯

행복도 스스로 만들지 않으면 누릴 권리가 없습니다.

행복과 사랑을 만들며 하루를 보내시기를!

○

날마다 우리는 새로움을 발견합니다.

새로운 발견은 경이로움입니다.

새로운 환경에서 보고 느끼는 것은 삶의 영양분입니다.

같은 환경 속에서 변화하는 것은 쉽지 않습니다.

집 밖으로 나오면 바로 새로운 환경입니다.

남의 집에 가면 그곳에 맞춰 살아야 합니다.
그곳을 바꾸는 일보다 내 마음을 바꾸는 것이 쉽습니다.
그래야 편안해집니다.

○

새해가 될 때마다 새 마음으로 맞이하기 바쁘지만,
사실은 하루하루가 '새해'입니다.
'낡은 해'는 없습니다.
시간이란 늘 새롭습니다.
새로운 날 속에 흘러간 과거를 묶어두지 마십시오.
그리고 작심삼일이 되더라도 계획을 세우고 사는 것이 중
요합니다.
아무 생각 없이 사는 삶은 영혼이 없는 삶입니다.
날마다 새롭게 새해를 꿈꾸고 새롭게 살아야 합니다.
내 삶은 과거에 있지 않고 현재이자 미래에 있기 때문입니다.

○

날마다 하루를 마무리하면서 잠들기 전에 허리를 펴고 앉

아서 일과를 돌이켜보십시오.

내가 지금 어떻게 살고 있는지 살펴보십시오.

오늘 하루 말과 행동을 책임지고 있는지?

나는 진실한 삶을 살고 있는지?

내 삶의 태도나 방향이 지금 이대로 좋은지 살펴보십시오.

그렇지 않다면 당장 바꾸어 새로운 삶을 시작해야 합니다.

여태 잘못 살았다면 오늘로써 끝내야 합니다.

내일은 새로운 내일이 되어야 합니다.

삶의 향기

○

삶이란 참고 인내하는 가운데 향기와 지혜가 생깁니다.

그래서 '세상에서 가장 아름다운 색채'는

'고통의 빛'이라고 합니다.

오늘은 인내의 저축인데 왜 참지 못하십니까?

무엇이 나를 힘들게 하십니까?

자신의 마음을 살펴보십시오.

문제와 답은 늘 내 안에 있습니다.

문제를 만들지 않으면 평안해집니다.

내 마음이 흘러가는 대로 그냥 바라보고 살펴보십시오.

마음을 잡으려 하지 마십시오.

마음은 잡히는 대상이 아닙니다.

마음이란 바람과 같고 향기와 같아 잡히지 않습니다.

마음을 잡기보다

마음의 움직임을 바라보고 도망가지 않도록 보살펴야 합니다.

긴 인내를 갖고 내 마음에 관심을 두고 살피는 것이 중요합
니다.

○

좋은 것일수록 시간이 필요합니다.

좋은 일이 일어나는 데에는 시간과 인내가 필요합니다.

나쁜 일에 빠져드는 데에는 시간이 걸리지 않지만

거기에서 벗어나는 데에는 상당한 인내가 필요합니다.

좋은 것일수록 그것을 얻는 데에는

긴 시간이 필요한 법입니다.

이것이 순리이고 진리입니다.

시간 사용법

○

삶은 영원하지 않습니다.

이렇게 왔다가 이렇게 갑니다.

영원할 것 같다 믿으며 산다면 어리석은 사람입니다.

지혜로운 사람은

순간순간 무상無常을 생각하며 세상을 바라보는 사람입니다.

우리는 무언가에 기대어 살아가려고 합니다.

그 버팀목이 쓰러지면 어떻게 하겠습니까?

그 버팀목마저 영원하지 않다는 사실을 알아야 합니다.

오직 영원한 것은 진리뿐입니다!

그 진리는 부처님 말씀이고, 고집멸도苦集滅道입니다.

집착하지 마십시오.

고통이 생깁니다.

○

사람은 순간순간 목숨을 단축하면서 살아갑니다.

순간순간 죽어가고 있는 것입니다.

그러니 순간순간 사는 일이 무엇보다 소중합니다.

사람이 사람답게 살려면 일하고 쉬고 놀 줄도 알아야 합니다.

여가를 어떻게 보내느냐가 삶의 질을 결정 짓습니다.

○

현재는 화살처럼 날아가고

미래는 주저하면서 다가오고

과거는 마음속에 정지해 있습니다.

시간은 고정되어 있지 않아서 잡을 수 없습니다.

잡을 수 없는 시간이기에 그 순간순간이 소중합니다.

순간이 소중하기에 게으르지 말며

오늘 할 수 있는 일은 내일까지 미루지 말아야 합니다.

하루하루를 우리의 마지막 날인 듯이 보내고,

시간을 낭비하지 말아야 합니다.

지금은 이 순간뿐이기 때문입니다.

우리에게 주어진 시간은 공평합니다.

나이는 세월을 비켜 가지 않습니다.

화장한다고 해서 주름이 감춰지지는 않습니다.

육신에는 나이가 있지만 영혼에는 나이가 없다고 하듯

마음은 늙지 않습니다.

하지만 마음이 게으르면 영혼에 주름이 생기니

공부를 해야 합니다.

공부하지 않으면 스스로 외로운 섬에 갇히게 됩니다.

○

"어제는 역사이고, 내일은 미스터리이며, 오늘은 선물"이
라는 미국 격언이 있다고 합니다.

어제는 부도난 수표이고

내일은 약속 어음이고

오늘은 내가 가진 현금입니다.

지금 유일하게 쓸 수 있는 것은 내 손에 있는 현금뿐입니다.

돈을 벌려면 투자를 해야 하는 것처럼

내일을 벌려면 오늘을 투자해야 합니다.

투자는 오늘을 최선을 다해 잘, 열심히 사는 일입니다.

내일이 없는 것처럼 오늘을 살 때, 내일은 나의 몫입니다.

일어난 것은 사라집니다.
태어난 것은 반드시 죽습니다. 생즉사生卽死입니다.
태어남도 죽음도 인연에 따라 이뤄집니다.
사람은 태어나기 이전에 지은 업의 인연으로 인간으로 태어나고 다시 인연이 다하면 죽습니다.
오늘은 어제의 결과이고 내일은 오늘의 모습입니다.
모든 것은 인과응보의 굴레며 원인과 결과입니다.

○

나이를 먹는다는 것은 늙음이 아니라 성숙입니다.
성숙은 모든 것을 이해심과 사랑으로 포용하는 능력입니다.
살면서 마음속에 담아 두고 누구를 미워하는 것은
상대의 모습을 빌려서 자신 속에 있는 무엇인가를 미워하는 것입니다.
한 생각을 바꾸면 미움도 고통도 스쳐 가는 구름과 같습니다.

언제나 진행형

○

인생에는 정해진 답이 없습니다.

나의 인생은 과거형이 아니라 진행형입니다.

마치 움직이는 목표를 향해 활로 쏘는 것과 같습니다.

고정된 답이 없기 때문에 스스로 답을 찾아야 합니다.

○

삶은 여기 있습니다.

과거에도 존재하지 않고 미래에도 존재하지 않습니다.

삶은 늘 이렇게 오늘 존재하고 지금 존재합니다.

과거에 살지 마십시오. 스스로 과거를 지우십시오.

미래를 꿈꾸십시오. 미래는 지금입니다.

늘 모든 것을 버리는 연습을 통해 현재를 살 수 있습니다.

삶은 오늘 여기 있습니다. 행복하게 지내십시오.

걸림돌 디딤돌

○

우리는 날마다 힘들다고 입버릇처럼 말합니다.
내가 힘들어한다면 무엇 때문에 힘들어하는지,
그 짐은 왜 생겼는지 살펴보십시오.
만약 욕심 때문이라면 지금 살며시 이 자리에 놓고 가십시오.
그래야만 내 삶이 행복하고 사랑하며 살아갈 수 있습니다.
가장 중요한 것은 이 순간 여기에 존재하는 것이고
현재 살아가고 있는 삶이 중요한 것입니다.

○

우리는 하루에도 몇 번씩 수많은 삶의 돌을 만납니다.
그 돌을 대하는 마음가짐에 따라
어떤 사람은 걸림돌이라 말하고
또 어떤 사람은 디딤돌이라고 말합니다.

나를 힘들게 하는 것들이라고 생각해온 걸림돌을
오늘부터는 디딤돌로 삼으면
편안하고 행복한 걸음이 될 것입니다.

옷걸이 인생

○

인생은 옷걸이입니다.

어린아이 때 입은 옷은 청소년이 되면 입을 수 없고

어른이 되면 또 다른 옷을 입어야 합니다.

나에게 주어진 옷과 인생의 옷은 입었다가 벗어야 합니다.

그런데 잠깐씩 입혀지는 옷이

자기의 진짜 모습인 양 오만해지고 착각을 합니다.

영원한 것은 없습니다.

지금 잠시 주어진 소임이 있을 뿐이니

어떤 소임이 주어지더라도 겸손해야 합니다.

계절이 바뀌면 옷을 벗어야 하는 옷걸이처럼

지금 우리도 옷걸이 삶입니다.

'지금까지'가 아니라 '지금부터'이다

○

지금 주어진 삶을 과거의 감옥으로 가둬서는 안 됩니다.
비록 과거를 바꿀 수는 없지만
미래의 집은 설계할 수 있습니다.
우리에게 상처를 준 과거는
용서라는 감옥의 열쇠로 열고 벗어나야 합니다.
그 열쇠는 타인에게 있는 게 아니라 나에게 있습니다.
용서의 문을 열고 감옥에서 벗어나야 합니다.
나의 삶은 과거에 있지 않고 오늘과 내일에 있습니다.

○

착한 한 생각이 곧 천상이고, 나쁜 한 생각이 곧 지옥이니
순간순간 일으키는 한 생각 한 생각 속에
천상과 지옥이 만들어지고 없어집니다.

지금 이 순간

나는 천상을 만들고 있는가 지옥을 만들고 있는가 살펴보십시오.

지금 이 순간

내가 만드는 바로 그곳이

내가 죽은 뒤에 가야 할 곳입니다.

○

우리 인생의 목표는 '지금까지'가 아니라 '지금부터'입니다.

지나간 일에 집착하지 말고

우울한 마음에 사로잡히지 말아야 합니다.

화났던 일, 기분 나빴던 일을 회상하며 분해하는 것은

현명한 태도가 못 됩니다.

체념도 하나의 슬기로움입니다.

누구에게 미움을 받는 것은 굉장한 불행입니다.

하지만 누구를 미워하는 것은 더한 불행입니다.

빈손 연습

○

삶은 영원하지 않습니다.

곁에 있으면 웃음을 선사하는 젊은 친구가

저세상으로 갔습니다.

가까운 친구와 부모님께도 아픈 사실을 숨기고

혼자 아파하다 갔습니다.

그래서 더 그리운 청년입니다.

영단에 놓여있는 같이 찍은 사진이 마음을 더 아프게 했습
니다.

있을 때 한 번 더 보고,

그리우면 연락하고 살아야 하는데

우리는 외로운 기러기처럼 이렇게 왔다 갑니다.

있을 때 잘 하십시오.

가고 나면 보지 못하고 마음만 아픕니다.

○

우리가 하루하루 산다는 것은 죽어가는 과정입니다.

결국, 인생은 살아가는 게 아니고 죽기 위한 준비입니다.

잘 사는 것이 잘 죽는 것입니다.

삶과 죽음은 손등과 손바닥입니다.

삶과 죽음을 별개의 것으로 보는 것은

한 손을 둘로 나누려는 것과 같습니다.

손바닥은 삶을 잡으려고 하지만

손힘이 빠지면 아무것도 잡을 수 없습니다.

결국, 빈손으로 가는 삶!

늘 준비와 연습을 통해서 잘 살 수 있습니다.

내일에 속지 말라

○

우리는 무엇인가를 할 때마다 조건을 붙입니다.

'돈이 생기면' '시간 여유가 있으면' '성공한다면' 등등.

삶은 언제나 지금 현재 이뤄지고 있습니다.

일을 뒤로 미루어 놓는 습관에 사로잡혀 사는 사람은

결국 아무것도 하지 않고 '죽은' 것이나 마찬가지의 삶을 사
는 것입니다.

현재라는 시간을 아무것도 하지 않은 채

그냥 흘려보내지 마십시오.

지금 당장 하나라도 실천하십시오.

누가 그 결과를 묻지 않습니다.

오직 자신이 묻고 답을 할 뿐입니다.

◯

우리는 내일에 속으며 살아갑니다.

잡으려고 가까이 가면 저만큼 달아나 버리는 무지개 같은 내일에 많은 기대를 걸어 놓고 삽니다.

그리하여 오늘 할 일을 내일로 미루고,

오늘 살아야 할 삶을 내일로 미룹니다.

내일이 되면 어차피 내일로 미룰 것이면서

열심히 미루며 살아갑니다.

그러나 속지 마십시오.

우리가 그토록 기다리는 내일은

목숨이 다하는 날까지

우리 앞에 나타나지 않는다는 사실!

◯

"죽도록 살다 보면 언젠가 행복해지겠지" 하며 사는 사람에게 영원히 행복은 없습니다.

미래에 행복이 있다고 생각하지 마십시오.

고통 속에 있다면 지금 이 순간 벗어나면 바로 행복입니다.

털고 일어나는 게 행복입니다.

○

"죽음은 삶이 만든 최고의 발명품입니다.

죽음은 삶을 변화시킵니다.

새로운 것이 오래된 것을 대체할 수 있도록 합니다.

지금 여러분은 새로움이란 자리에 있습니다.

머지않아 여러분도 늙으면 새로운 세대에 자리를 물려줘야
합니다."

– 스티브 잡스Steve Jobs, '스탠퍼드대학교 졸업식 축사' 중에서

○

제자가 스승에게 물었습니다.

"죽고 나면 어떤 일이 벌어집니까?"

스승이 답했습니다.

"시간을 낭비하지 마라.

네가 숨이 멎어 무덤 속에 들어가거든

그때 가서 실컷 죽음에 대해서 생각해보거라.

왜 지금 삶을 제쳐 두고 죽음에 신경을 쓰는가.

일어날 것은 어차피 일어나게 마련이다."

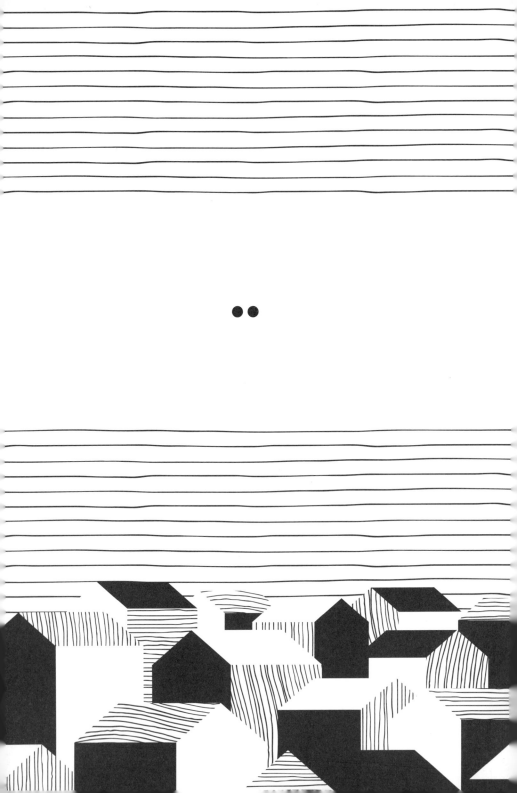

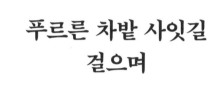

푸르른 차밭 사잇길
걸으며

○

새소리가 아름다운 아침입니다.

자연의 소리에 귀 기울이며 명상을 해보십시오.

명상은 시간으로부터의 자유이고,

열린 창문으로 불어오는 산들바람과 같습니다.

침묵 속에 나를 비우면 명상의 축복이 찾아듭니다.

명상의 즐거움은

인간의 온갖 고뇌가 가득 찬

지금 이곳에 있습니다.

○

날마다 연초록빛이 짙어지고 있습니다.

계절의 변화를 온몸으로 느낍니다.

꽃이 피고 새순이 자라는 소리에

마음이 열리고 귀가 향기롭습니다.

계절은 우리 몸과 같이 이렇게 왔다 가는 것!

마음 또한 열린 만큼 자연과 함께합니다.

○

무더위를 피해 오솔길을 걷습니다.
등산객 발길이 닿지 않은 한적한 오솔길은
혼자 걸어야 제맛이 납니다.
오솔길은 숲속에 희미하게 나 있습니다.
오소리가 만들어 놓은 길이 오솔길입니다.
오소리가 만들어 놓은 정겨운 오솔길에서
동물의 지혜를 배웁니다.
미물이라고 하지만
인간이 지니지 못한 삶의 지혜를 갖고 있습니다.
우리에게 일깨움을 주는 이웃들!
아는 만큼 보입니다.

○

따갑고 무더운 날씨에 연꽃이 피어납니다.
여름이면 여름다워야 하고
겨울은 겨울다워야 합니다.
더우면 더운 대로 추우면 추운 대로
의미가 있습니다.

남과 비교하는 마음을 버려야 합니다.

타인과 비교하는 순간

사람은 초라해집니다.

이름 없는 풀꽃도 이름 있는 꽃을

시기하거나 비교하지 않습니다.

부러워하면 상처를 받는다고 하듯이

주변 사람과 비교하다 보면

자신의 행복이 한순간에 무너질 수 있습니다.

우리는 모두가 부처입니다.

홀로 당당하게 행복하게 지내십시오.

○

여름철에는 벌레와 모기와 함께 삽니다.

간밤엔 지네 기어가는 소리에 잠을 깼습니다.

가끔 물기도 해서 집게를 옆에 두고 잡니다.

미물 곤충은 정신 놓고 자지 못하게 하는 신장神將입니다.

자연은 자연대로 좋지만

더불어 산다는 것이 쉽지 않습니다.

○

어느새 초하루입니다.

흘러가는 물처럼, 스쳐 가는 바람처럼

시간이 지나갑니다.

물은 돌을 만나 졸졸 소리가 나고

바람은 대숲을 지나며 서걱서걱 소리를 냅니다.

물과 바람은 원래 소리가 없는데

대상을 만나 소리가 됩니다.

시간은 우리가 정해 놓은 관념입니다.

관념을 넘어 무념무상이면 시간이 없습니다.

칠월 복더위에 고정관념을 버리고

구름 위에서 유유자적悠悠自適하시기 바랍니다.

○

태풍이 지나가고, 중복中伏입니다.

삼복三伏 가운데 두 번째에 드는 복날!

날마다 의미 없는 날은 없습니다.

오늘도 좋은 날! 의미 부여를 하면 좋은 날이고,

꿈자리가 나빠서 안 좋은 날이라 생각하면

온종일 긴장하며 보내는 날이 됩니다.

오늘은 무슨 날입니까?

일체유심조一切唯心造!

행복이 가득한 날입니다.

당신이 부처님이고, 오늘의 주인공입니다.

비가 와서 좋은 날!

맑으면 맑은 대로 비가 오면 비 오는 대로 좋은 날입니다.

더우면 더위를 거부 말고 여름철을 보내십시오.

환경을 바꿀 수 없으면 환경에 적응해야 편합니다.

내가 사는 이곳의 주인은 나!

세상의 주인이 되는 것은

내 마음의 결정입니다.

○

태풍이 지나가고 나니 하늘이 맑아졌습니다.

태풍이 지나간 자리는 어지럽지만

묵은 때를 정리하게 합니다.

잃는 것이 있으면 얻는 것이 있습니다.

태풍이 겸손하라고 알려줍니다.

태풍이 지나간 자리, 대청소를 해야 합니다.
청소가 수행입니다.

오롯이
나로 산다는 것

마음의 자[尺]를 버리면

○

사람들은 저마다 자신의 자[尺]로 세상을 재고,
사람을 평가합니다.
그 자가 표준인 것처럼 착각합니다.
눈높이는 저마다 다릅니다.
나의 자로 남을 평가하지 말아야 합니다.
보이지 않는 내면의 세계의 깊이를 어떻게 잴 수 있겠습니까?
보이는 것이 다가 아닙니다.
보이지 않는 것이 더 중요합니다.
내 마음의 자를 버리면 너와 내가 하나가 됩니다.

○

사람이 불행한 이유는 단 한 가지,
자기 자신이 행복하다는 사실을 잊어버리고

남과 비교하기 때문입니다.

비교하면 괴로움과 시비가 일어나게 됩니다.

나는 나로서 온전한 몫이 있습니다.

풀꽃은 다른 꽃을 시기하지 않듯

모두가 나답게 살기 위해 이 땅에 화현化現한 것입니다.

진정한 행복은 내 안에서 충만한 기쁨이고,

불행은 비교에서 오는 것입니다.

○

우리는 더불어 삽니다.

내 생각이 옳으면 다른 사람 생각도 옳다는 걸 인정해야 합니다.

상대방의 생각이 이해가 안 되면

그렇게 생각할 만한 이유가 있을 것이라 믿어주십시오.

생각의 차이는 있게 마련입니다.

생각의 차이는 이해와 사랑으로 채워야 합니다.

이 세상은 자기 위주입니다.

자기를 내려놓고 비우는 만큼 상대방이 앉을 자리가 생깁니다.

우리가 하나가 되는 것은

비움의 공통분모가 많은 만큼입니다.

○

자기 자신의 관점에서 사물을 관찰하면
진짜 모습을 알 수 없습니다.
자기 관점에서 대상을 보지 말고 대상 속으로 들어가
하나가 되어야 합니다.
자신의 견해에서 대상을 보지 마십시오.

비워야 새것이 들어가고 메아리가 울린다

○

우리는 항상 무엇을 채우려고만 하지, 비우려고 하지 않습
니다.
텅 비워야 거기에 새것이 들어가고 메아리가 울리는데
그것을 잊고 삽니다.
텅 빈 마음은 우리들의 본래 마음입니다.
마음이 답답하다면 비워 보십시오.
마음을 비우는 일은 선행을 닦는 일이고,
관계와 인습에서 벗어나는 일입니다.
한 생각을 바꿔서 온갖 집착과 분별 망상에서 벗어나면
홀가분해집니다.

○

눈 속에 티끌 하나라도 끼어 있으면

무엇을 보더라도 제대로 보이지 않습니다.

귓속에 이명이 있으면 무엇을 듣더라도 제대로 들리지 않습니다.

마음속에 선입견이 있으면 매사에 장애가 생깁니다.

그러므로 마음은 깨끗이 비워 두면 둘수록 좋습니다.

비워 두면 세상 만복萬福을 담을 수 있습니다.

○

우리들은 자신의 생활 테두리에서 얽매인 삶을 살아가고 있습니다.

때로는 자신이 스스로 얽매어 놓은 삶에서 벗어나도록 노력해보십시오.

한번쯤 일상의 속박에서 벗어나

하루쯤 단식을 해본다든지

일주일간 고기를 먹지 않는다거나

어느 날은 핸드폰을 꺼놓고 지낸다든지

혹은 어떤 날은 묵언을 해보십시오.

나 자신이 무언가에 구속된 것에서 벗어나는 행을 해봄으로써 발전이 있게 됩니다.

다람쥐 쳇바퀴 돌듯 그 날이 그 날이고,
그 달이 그 달인 삶은 무의미합니다.
오늘을 비워 보십시오.
비움으로써 행복을 얻을 수 있을 것입니다.

산을 오를 때는 짐이 가벼워야 편합니다.
먼 길을 가려면 불필요한 짐을 내려놓아야 합니다.
산골이나 오지는 가는 길은 불편하지만
그곳에 가면 더 편함을 느낍니다.
세상에 없는 것이 그곳에 있기 때문입니다.
배가 고프면 빨리 배를 채우려 하지 말고
잠시 배고픔에 머물렀다가 배를 채워보십시오.
새로운 맛과 감사함을 느낄 것입니다.

화합의 길

○

화합은 서로에 대한 신뢰와 이해를 바탕으로 시작됩니다.

부처님 말씀에 세 사람의 의견을 하나로 통일하기 힘들다
고 했습니다.

뜻을 하나로 모으는 것은 자신을 내려놓으면 가능합니다.

그러나 자존심이라는 보이지 않는 그 물건 때문에 쉽지 않
습니다.

그것이 무엇이길래 우리를 힘들게 하는지 모릅니다.

텅 빈 마음!

텅 빈 마음이어야 화합이 되고 평화가 됩니다.

그래서 우리는 지금 수행을 하고 기도를 합니다.

없는 그 마음을 비우기 위해서 말입니다.

나를 내려놓는 일

○

절을 하는 것은 마음을 낮추는 수행입니다.
몸과 마음도 낮추니
상대방을 이해하고 용서하는 마음이 생깁니다.
사랑도 용서도 내가 만든 것이니
나의 욕심을 내려놓으면 됩니다.
"당신은 부처님이십니다!"라는 생각으로 상대방을 공경하고
부처님처럼 모시고 절을 하면 나의 번뇌가 사라집니다.
간절하게 절을 하십시오.
간절한 만큼 나의 마음이 넓어집니다.

○

자아ego가 사라지면 천당 문이 열립니다.
나의 불행은 강한 자아가 있어 생깁니다.

나를 내려놓으면 무아無我가 됩니다.
무아란 내가 없음입니다.
내려놓는다고 없어지는 것이 아닙니다.
비울수록 자유롭게 존재하는 나!
무아란 자유로운 영혼이 되는 길입니다.

두 손에 물건을 쥐고도

○

욕심은 내 능력 밖의 일을 탐하는 것입니다.

두 손 가득 움켜쥐고 있으면서 또 하나를 더 가지려는 마음입니다.

가질 수 없는데 가지려는 마음이 문제입니다.

그것은 내면의 갈구이고 남을 의식하여 인정받으려는 욕망입니다.

남에게 바라는 것이 있으면 나도 베풀어야 합니다.

욕심은 베풂이 없는 채움만 가득합니다.

결국, 다 버리고 가야 하는데 탐욕은 끝이 없습니다.

욕심이 결국 나의 몸과 마음을 멍들게 합니다.

그리고 파멸의 길로 가게 합니다.

한 손으로 들기 힘겨우면 두 손으로 들고,

두 손으로 힘들면 내려놓으면 됩니다.

그러지 못하면 당신은 욕심쟁이입니다.

○

눈이 어두우면 앞을 못 보지만

마음에 욕심이 앞을 가리면 내일을 장담하지 못합니다.

나이를 먹으면 명예를 좇습니다.

내려놓아야 할 시기에 움켜쥐면 평안한 삶을 보장하지 못
합니다.

삶의 지혜는 내려놓음입니다.

거리 두기

○

불편한 마음은 어디서 올까요?
관계에서 불편한 마음이 온다면 내려놓으십시오.
나로 말미암아 마음이 불편하다면 미안하다고 말하십시오.
한 걸음 떨어져서 보면 편안해집니다.
넓은 바다를 생각하십시오.
나는 강물에 불과합니다.

○

가까운 사이일수록 지켜야 할 것이 있습니다.
친구와 지켜야 할 예의가 있고
부부지간 지켜야 할 법도가 있습니다.
남과 허물없이 지낸다고 해서
너무 버릇없게 구는 사이가 되어서는 안 됩니다.

"반짝이는 별들은 사람 곁에 가까이 오지 않기 때문에
언제까지나 그 빛을 잃지 않는 법"이라고 합니다.

단순하게 살기

○

우리가 살아가면서 무엇이 필요하고
무엇이 필요하지 않은가를
철저하게 성찰해야 합니다.
넘쳐나는 정보와 물질의 풍요 속에 정신이 시끄럽습니다.
불필요한 것에서 벗어나는 연습을 날마다 해야 합니다.
그것이 오늘의 숙제입니다.

○

안 쓰는 물건 버리기!
자주 안 쓰는 물건 버리기!
언젠가 쓸 때가 오겠지 하고 가지고 있지만
최근 3년 동안 손도 안 대는 물건은 과감하게 버리십시오.
옷장을 열어보면 옷이 그득한데도

입을 옷이 없다고 하고
버릴 것이 하나도 없다고 합니다.
이것이 탐욕의 번뇌입니다.
거짓말을 할까 진실을 말하고 매를 맞을까 고민하다가
결국 진실을 말하고 '정말 잘했구나' 하는 것과 같이
과감하게 버리고 비우십시오.
비우고 버림은 텅 빈 충만입니다.

○

갖는 것보다 버리는 것이 쉽습니다.
갖고 싶은 것을 구하려면 고통이 따릅니다.
버리는 것과 비우는 것에는 즐거움이 생깁니다.
텅 빈 충만은 행복입니다.

○

저는 가진 것이 많습니다.
서랍을 정리하다 보니
너무 많은 것을 갖고 살고 있다는 사실에 저 자신이 놀랍니다.

서랍을 정리하고 한참 지나면
또 쓸데없는 물건들이 자리를 채우고 있습니다.
비워도 비워도 채워지는 원리!
무소유는 비우고 갖지 않는 게 아니라
쓸데없는 물건과 망상을 버리는 일입니다.
텅 비워야 울림이 있습니다.

완벽주의로부터의 자유

○

너무 완벽해지려고 하지 마십시오.

대나무가 곧은 것 같지만

바람에 흔들리는 부드러움이 있기 때문에 서 있습니다.

완벽해지려고 하면 부러지고 쓰러집니다.

틈이 균형을 잡아주고 여유를 줍니다.

사람도 틈이 있어야 인간다운 향기가 있습니다.

그물에 걸리지 않는 바람처럼

○

대나무에 새가 잠시 앉았다가 날아가니
대나무가 잠시 흔들리다 제자리로 돌아가고
허공으로 날아간 새는 보이지 않습니다.

내 마음속에 남아 있는 것은 무엇입니까?
날아간 새입니까?
흔들리는 대나무인가요?

무無!
허공에 뭉게구름이 피었다 사라집니다.
우리도 이렇게 마음에 흔적을 잠시 남겼다가 사라집니다.

○

우리는 무심無心을 좋아합니다.

무심이라는 말은 번뇌 망상이 없는 마음입니다.

마음이 아예 없다는 것이 아닙니다.

마음은 없애려고 해도 없앨 수도 없고,

없어지지도 않고 없는 것도 아닙니다.

무심이란 모든 것을 놓아버리고

한 점의 분별 집착도 일으키지 않는 마음입니다.

마치 그물에 걸리지 않는 바람처럼 걸림이 없는 그것이 무심입니다.

휘어질수록 멀리 날아가는 화살처럼

○

화살은 활이 많이 휘면 휠수록 멀리 날아갑니다.
멀리 날아가려면, 나를 숙여야 합니다.
숙인다고 해서
나의 허리가 휘어지는 것이 아닙니다.
숙인 자가 더 겸손하고 훌륭한 사람입니다.
강한 자는 나를 비운 사람입니다.
나는 나의 그릇을 얼마나 비우고 있는지 살펴보십시오.
비운 잔은 채울 수 있지만 가득 채운 잔은 넘칠 뿐입니다.
긴 인내 속에 긴 행복이 옵니다.
인내는 행복의 씨앗입니다.

○

물은 아무리 높은 곳에서 떨어져도 깨지는 법이 없습니다.

모든 것에 대해 부드럽고 연한 까닭입니다.

물은 자신 앞에 있는 모든 장애물에 대해

스스로 굽히고 적응함으로써 마침내 바다에 이릅니다.

조그만 시냇물이 바닷물이 되게 하십시오.

지혜란 대해大海와 같은 것입니다.

문단속

○

나는 누구인가?

'나'란 에고ego가 나를 붙잡아 두고 꼼짝달싹 못 하게 하고 있습니다.

나란 놈을 버리면 되는데…

나를 놓아버리면 되는데…

순간순간 나란 놈이 나를 힘들게 합니다.

즐거움도 내가 느끼고, 고통도 내가 느끼는 것이니

나란 놈이 장난치지 못하도록 단속을 잘해야 합니다.

나를 바라보십시오.

어떤 것이 나인지?

그 에고를 벗어나야 내가 존재합니다.

○

내 마음을 살펴보십시오.

지금 내가 무엇을 생각하고 있는지.

내가 한 생각은 나를 형성하고

나의 삶을 만들어냅니다.

하루하루 소중한 시간을 낭비하지 마십시오.

스스로 새장을 찾는 사람들

○

모든 사람은 스스로 갇히기 위해
새장을 찾아 헤매는 한 마리 새와 같습니다.
새장은 명예와 부유함, 권력입니다.
더 편하고 크고 안락한 새장을 찾기 위해
잃은 것을 얻는 것으로 착각하고
사냥당하고 있으면서 자신을 사냥꾼으로 착각합니다.
우리는 얻기 위해 일생을 소모하고 있으면서
아직도 그 사실을 모르고 오늘을 고달프게 살아갑니다.
스스로 새장 안에 갇히려고 애써왔다는 것을 알면
비우고 버려야 합니다.
날마다 해우소에서 비우듯이 버려야 합니다.
비움으로 편하고, 버려야 채워짐을
이미 알고 있지 않습니까?

○

행복해지기 위해 버려야 할 습관은
'남과 비교하는 것' '자신의 마음을 무시하는 것'
'지금에 안주하는 것' '언제나 바쁜 것' '증오와 분노'
'너무 많은 생각' 그리고 '자존심'과 '고정관념'입니다.
자기 자신을 다른 사람과 비교하지 마십시오.
자존심과 고정관념을 버리면 행복과 가까워집니다.

버려야 할 것들

○

나는 과연 버릴 것을 버렸는지?

쓸데없는 자존심自尊心!

쓸데없는 아만심我慢心!

진정 버려야 할 것은 물건이 아니라 쓸데없는 마음입니다.

○

세상을 아름답게 보려면 고정관념을 버리면 됩니다.

'내가 옳다, 내가 제일이다' 하는 생각을 버리면

마음이 고요해집니다.

답답하면 자신에게 물어보십시오.

길이 없다고 포기하지 마십시오.

길이 없으면 길을 찾고, 찾아도 없으면 만들면 됩니다.

○

고칠 수 있는 마음은 고쳐 쓰면 됩니다.

고칠 수 없는 마음은 버리면 됩니다.

그러나 안 고치고 걱정만 하면

마음이 썩습니다.

틀린 것과 다른 것

○

좋고 나쁜 것은 없습니다.

나와 다를 뿐입니다.

옳고 그른 것은 없습니다.

나와 생각의 차이가 있을 뿐입니다.

좋은 사람, 나쁜 사람은 없습니다.

참고 못 참고의 차이가 있을 뿐입니다.

나와 다르다고 틀렸다고 하지 마십시오.

틀린 것이 아니라 다만 '차이'가 있을 뿐이고

다만 서로 '다른 사람'이 있을 뿐입니다.

○

우리는 모두 콤플렉스를 갖고 있습니다.

콤플렉스는 비교를 통해서 생기는 것입니다.

콤플렉스를 극복하는 것은 자신감입니다.
자신에게 콤플렉스가 있다면 남을 속이지 말고 자랑하십시오.
자랑하다 보면 자신감이 생길 것입니다.
모든 것이 비교로 인해 생기는 일이라면
나 홀로 당당히
비교하지 않는 습관을 갖는 것이 중요합니다.
나와 다른 것을 인정하는 습관을 지녀야 합니다.
두 개의 귀로 상대방의 말을 들을 줄 알아야 합니다.

○

우리에게는 자신이 보고 싶은 것만 보고,
믿고 싶은 것만 믿는 자기중심성의 본능이 있습니다.
그래서 대개는 착각 속에서 살아갑니다.
사람의 뇌가 오감을 통하여 받아들이는 정보의 양은
1초에 1,100만 개 정도인데 그중에 정작 뇌에 저장되는 것은
40개 정도라고 합니다.
결국 내가 보고 들은 정보가 편집되어
내가 원하는 것, 내가 바라는 것, 내가 믿는 것만 남게 된다
는 것입니다.

이렇듯 착각 속에서 살아가면서

나는 착각하지 않는다는 착각과

내가 아는 것을 남도 알고 있을 것이라는 착각을 하면서 살
아갑니다.

착각이 반드시 나쁜 것만은 아니지만

남들도 나와 같을 것이라는 착각은 하지 말아야 합니다.

○

우리는 분별과 비교로 즐거움과 고통을 만듭니다.

내 마음에 모가 생긴 것은 분별 때문입니다.

원래 마음은 모양이 없으니 상을 만들지 마십시오.

내 마음이 모양이 없으면 자유인입니다.

○

내 생각이 옳다고 고집하지 마십시오.

내 생각은 내 세상의 고정관념일 뿐입니다.

얻으려 하지 않으면

○

얻으려 하지 마십시오.
본래 얻을 것이 없는데 무엇을 얻으려고 하십니까?
잃었다고 생각하지 마십시오.
본래 잃은 것이 없는데 무엇을 잃었다고 하십니까?

슬픔이란 하늘에서 일어나 하늘에서 사라지는 구름과 같고
원망이란 본래 허망한 마음의 그림자를 보고 시비함이니
분노는 생각이 일으킨 마음의 파도임을 깨닫고
무지의 환상에서 벗어나기를….

좋다 하여 사랑하고, 싫다 하여 증오함은
거울에 비친 자신의 그림자를 보고
싫다 좋다 하는 것과 같은 것이니
누가 누구를 미워하고 누가 누구를 사랑하리오.

크게 버리면 크게 얻는다

○

가지고 또 가지려는 사람은 중생이고,

가진 마음을 버리는 이는 성인입니다.

비뚤어진 마음을 바로잡는 이는 지혜로운 사람이고,

비뚤어진 마음을 그대로 간직하고 있는 이는 어리석은 사람입니다.

중생과 성인의 차이는 욕심을 부리느냐 버리느냐에 있고,

지혜로움과 어리석음의 차이는 자신을 볼 줄 아는 차입니다.

○

"크게 버리면 크게 얻는다"는 말이 있습니다.

비우지 않고 채울 수 없는 진리입니다.

얻음에는 두 가지가 있는데

하나는 구해서 얻는 것이요,

다른 하나는 버리면서 얻는 것입니다.

구하는 것에는 고통이 따릅니다.
구하고 나면 집착이 생기고 없어질까 걱정을 불러옵니다.
그리고 구하는 데는 만족이 없습니다.
채워도 채워지지 않는 것이 탐욕입니다.
비우면 편하고, 채우면 고통이 따라옵니다.
버리면서 얻는 것은 비록 아무리 작은 것이라도
만족과 기쁨이 함께합니다.

○

경전에 "하나가 필요할 때 하나를 가지되 둘을 가지지 말라"고 합니다.
둘을 다 가지려다가 하나의 절실한 소중함마저 잃게 됩니다.
또한 둘을 갖지 않는다는 것은
나머지 하나를 다른 사람에게 나누는 마음입니다.
소유란 잠깐 지니는 것입니다.
마음이 풍요로운 사람은 아무것도 소유하지 않지만
실제로는 많은 것을 소유합니다.

무소유

○

세상의 고통은 비움이 아니라 채움 때문에 일어납니다.

사랑도 명예도 멀리하면 오히려 사랑과 명예가 살포시 안깁니다.

가정의 평화도 양보의 미학이 아닐까 싶습니다.

비우고 또 비우면 행복이 올 것입니다.

○

무소유란 불필요한 것을 갖지 않는 것과

오늘 필요 없는 것을 갖지 않는 것입니다.

자신이 가진 것 이상을 바라지 않는 것이 자족自足입니다.

적게 가지고 많이 행복해하는 것!

행복의 비밀입니다.

통하는 기쁨

인연법

○

우리는 함께 살아가게 되어 있습니다.
사람과 더불어 살고 자연과 더불어 살아갑니다.
때로는 홀로 사는 것처럼 느껴질 때도 있지만
엄밀한 의미에서 홀로란 없습니다.
깊은 산중에 들어가 홀로 산다고 해도
그는 사회 속에 있는 것이며 자연과 함께 있는 것입니다.
삶이란 곧 함께 짓고 함께 하는 관계입니다.

○

우리는 관계 속에 살며 관계를 통해서 배웁니다.
우리는 홀로 살아갈 수 없습니다.
내가 이 세상에 올 때 혼자 왔고 홀로 가지만
이 세상에 온 순간부터 혼자가 아닙니다.

혼자가 아니라 더불어 살기 때문에
끝없는 인내와 이해와 사랑이 필요합니다.
모든 일은 스스로 짓고 스스로 받습니다.
좋은 인연은 좋은 인연으로 만들고,
나쁜 인연은 얼른 빨리 멀리해야 합니다.
뜻이 좋으면 좋은 결과로,
언젠가 연꽃이 피고 향기로 답할 것입니다.

○

모두가 인연 속에서 살아갑니다.
내가 하는 모든 생각과 행동으로 인연을 만들어갑니다.
더러운 냄새 나는 시궁창에는 파리, 모기가 모여들고,
아름다운 곳에서는 벌과 나비가 넘나드는 것과 같습니다.

모든 인연은 내가 만든 것이니
누구도 원망하지 말고 그대로 받아들이고
다시 좋은 인연의 씨앗을 뿌리면
아름다운 꽃이 필 것입니다.

우리는 관계 속에 살기 때문에 인연을 잘 맺어야 합니다.
좋은 인연을 만나려면 내가 좋은 사람이 되어야 합니다.
"끼리끼리 만난다"라는 말이 있듯이
같은 업業을 익힌 사람끼리 만납니다.
술을 좋아하면 술친구를 사귀고
여행을 좋아하면 길에서 친구를 만나듯
인연은 나 자신이 만들어갑니다.

나와 불편한 인연을 만나더라도 마무리를 잘 해야 합니다.
한번 맺은 인연은 또 만날 인연이 있으니까요.
돌고 도는 세상! 우리는 인연 속에 살고
관계 속에서 인연을 창조하고 있습니다.

○

만나고 싶은 사람을 만나지 못하는 것은
아직 '시절 인연'이 아니기 때문입니다.
내가 좋아하는 것을 그가 좋아한다면 빨리 만날 것입니다.
업이 같기 때문입니다.
업이 다르면 만날 인연이 멀어집니다.

내가 부처님을 좋아하면 부처님 도량에서 그를 만날 것이고,
꽃을 좋아한다면 꽃밭에서 그를 만날 것입니다.
만남은 나의 분신을 만나는 것!
같은 생각을 하고 같은 방향을 같이 바라본다는 것은
행복한 일입니다.

아름다운 인연을 보십시오.
그 인연이 오래 이어지는 까닭은
서로에게 경배심이 가득하기 때문입니다.
좋은 사이일수록, 꽃처럼 향기로운 사이일수록,
꽃처럼 아름답고 향기롭게 서로의 관계를 이해하고,
미안한 마음으로, 감사한 마음으로
바라보고 지켜줘야 합니다.
아름다운 관계는 꽃 같은 관계입니다.
꽃처럼 살아갑시다.

○

움켜쥔 인연보다 나누는 인연으로 살아야 하고,
각박한 인연보다 넉넉한 인연으로 살아야 합니다.

기다리는 인연보다 찾아가는 인연으로 살아야 하고,
의심하는 인연보다 믿어주는 인연이 중요합니다.
이 세상에는 우연이란 없습니다.
바람과 산들바람을 떼어놓을 수 없듯이
모두 시절 인연에 따라 만나고 헤어질 뿐!
우리는 떼어놓을 수 없는 인연 속에 살고 있습니다.

용서는 과거에 묶이지 않는 것

○

사랑보다 소중한 것은 없습니다.

산다는 것은 사랑한다는 것입니다.

우리는 사랑 때문에 살고, 사랑 때문에 죽습니다.

사랑 때문에 기뻐하고, 사랑 때문에 슬퍼합니다.

사랑은 주는 것입니다.

가장 소중한 것을 내어주는 것입니다.

사랑한다는 것은 용서한다는 것입니다.

용서하십시오.

더불어 사는 것은 용서 속에 가능합니다.

○

있는 그대로 보고 있는 그대로 사랑하십시오.

지나간 세상을 탓하지 마십시오.

나는 지금 이렇게 살고 있고 내일은 알 수 없습니다.

용서하십시오.

용서는 과거를 바꿀 수는 없지만,

미래는 바꿀 수 있습니다.

몇 번이나 용서해야 하는가

○

어느 날 붓다께 제자가 질문했습니다.

"스승이여, 항상 용서를 말씀하시는데 도대체 몇 번이나 해야 하나요?"

용서란 얼마나 많이 하느냐의 문제가 아닙니다.

용서란 그 사람을 그대로 받아들인다는 의미이며,

그를 있는 그대로 사랑한다는 의미입니다.

용서란 상대방을 판단하지 않으며 비판하지 않는다는 의미입니다.

진정한 용서는 판단하지 않습니다.

예수는 "원수를 용서하고 원수를 사랑하라"고 말합니다.

원수를 용서하면 원한에서 자유로울 수 있지만

그러지 않으면 계속해서 괴로울 것이기 때문입니다.

증오도 일종의 관계입니다.

우리는 용서를

잘못한 것을 알면서도 여전히 상대를 용서한다는 뜻으로
생각합니다.

먼저 판단하고 난 다음에 용서하는 용서는
잘못된 것입니다.

열어야 통한다

○

사람과 사람 사이 가장 필요한 것은 소통입니다.
그리고 다른 사람들에게 사랑과 감사함을 느끼는 것입니다.
우리가 사랑을 얻는 가장 빠른 길은 주는 것이고,
사랑을 잃는 가장 빠른 길은
사랑을 쥐고 놓지 않는 것입니다.
사랑은 아무리 줘도 넉넉하게 남아 있게 마련입니다.
고마움은 나누면 더 많이 생기게 마련입니다.
사랑과 감사함은 많이 나눠 줄수록 좋습니다.

○

조화로운 인간관계는 주는 마음에서부터 시작됩니다.
받고자 하는 마음이 앞서면 상대는 문을 열지 않습니다.
주는 마음은 열린 마음입니다.

나를 낮추는 것은 열린 마음의 시작입니다.

나를 낮추고 또 낮춰 저 평지平地와 같은 마음이 되면

거기엔 더 이상 울타리가 없습니다.

벽도 없고 담장도 없습니다.

거기엔 아무런 시비도 없고, 갈등도 없습니다.

주는 마음은 열린 마음이요,

열린 마음은 자유로운 마음입니다.

나를 낮추고 마음을 여십시오.

어디에도 구속받지 않는 자유인이 되려면

마음을 열고 끝없이 자신을 낮추어야 합니다.

○

마음의 문을 여는 순간 우리는 하나가 됩니다.

마음의 문은 나 자신만이 열 수 있습니다.

마음의 문의 손잡이가 밖에 있지 않고 안에 있기 때문입니다.

상대방이 문을 두드리면 열어주듯이

밖에서 문을 열어 달라고 하기 전에 문을 열어준다면 얼마
나 좋을까요.

우리는 관계 속에서 살고 있습니다.

더불어 살고 하나가 된다는 것은 벽을 없애는 일입니다.
내 고집만 부리지 말고 들을 줄을 알아야 합니다.
그래야 평안합니다.

○

꽃을 보십시오.
꽃에 눈을 맞추십시오.
꽃을 보면 마음이 미소 짓습니다.
눈이 안 맞으면 마음도 안 맞습니다.
대화는 상대방의 눈을 보고 이야기를 해야
마음이 전달됩니다.
관계가 어려울수록 웃음이 필요합니다.
사람을 움직이는 것은 마음이고,
마음을 움직이는 것은 유머와 미소입니다.
먼저 눈을 맞추십시오.
눈길이 가지 않으면 마음 길도 막힙니다.
이 세상을 꽃을 보듯이 미소 지으십시오.
미소 짓는 마음속으로 행복의 향기가 전해 올 것입니다.

풀어주어야 자유로워진다

○

그 무엇으로부터 그 누구로부터 자유로워지고 싶거든
그 무엇을 자유롭게 해야 합니다.
그 누구를 자유롭게 해야 합니다.
돈으로부터 자유로워지고 싶거든
돈이 제 갈 길을 가게 하십시오.
소유는 자유가 아닙니다.
대상이 무엇이든 마찬가지입니다.
내가 그로부터 해방되고 싶거든 먼저 그를 풀어 주십시오.
그를 풀어주면 나의 족쇄도 풀립니다.
그를 풀어주지 않고 나만 해방되기를 바라는 것은
불가능한 일입니다.

사람을 만난다는 것

○

우리는 관계 속에 살아갑니다.

관계란 좋을 수도 있고 나쁠 수도 있습니다.

사람을 안다는 것은

또 하나의 미지의 세계를 보는 것과 같습니다.

사람을 만나면, 또 다른 세상이 있구나, 하고 생각하십시오.

내 세계와 다른 사람을 만나면, 왜? 하고 생각하기보다

다른 세계가 있구나, 하고 느끼십시오.

여행은 인생의 큰 스승입니다.

사람을 안다는 것은 미지의 세계를 여행하는 것이니

조심스럽게 다가가야 합니다.

그래야 새로운 세계를 만날 수 있습니다.

○

인간은 관계 속에 살고 관계 속에서 단련되고 위로받습니다.
홀로 사는 사람은 고독할 수는 있어도
고립되어서는 안 됩니다.
고독에는 홀로 즐기는 기쁨이 있지만
고립은 관계가 따르지 않습니다.
삶은 어디까지나 '더불어 삶'입니다.

○

우리는 관계 속에서 생각이 많습니다.
생각은 번민입니다.
우리가 자기 생각에 솔직해지는 것이
나의 본질에 가까워지는 것입니다.
솔직함은 소통의 마음입니다.

○

삶이 바쁘다 보니 사람들은 효율성을 강조합니다.
효율성이란 시간 낭비를 안 하겠다는 것입니다.

그러다 보니 인간관계는 점점 멀어지고 기계화, 자동화가
되고 있습니다.
사람끼리 효율적으로 만나면 기계와 같습니다.
인간관계에 효율적인 만남이란 없습니다.
관계란 주고받으며 서로의 마음속에 만들어지는 것입니다.
그것이 사람이 살아가는 멋과 사랑입니다.

○

세상에 나 혼자가 아닙니다.
점 하나 찍어서 길게 연결하면 당신이 있습니다.
점이 선이 되고, 선이 관계가 됩니다.
당신이 없으면 나는 없습니다.
나는 당신의 한 부분입니다.
한 점을 없애면 당신도 점 하나에 불과합니다.
그래서 상대를 인정해야 합니다.
우리는 하나입니다.

모든 것은 연결되어 있습니다.
연결은 관계이며 인연법입니다.

내 안에 네가 있고,

작은 티끌 하나 속에 시방세계를 머금고 있습니다.

그래서 차이는 있어도 차별은 있을 수 있습니다.

그들이 곧 나의 일부이고, 또 다른 이름의 나입니다.

영원한 관계는 없다

○

사랑한다는 말 믿지 마십시오.

미워한다는 말도 믿지 마십시오.

사랑한다는 말 뒤엔 미워한다는 뜻이 있고,

미워한다는 말 뒤엔 사랑한다는 말이 숨어 있으니

그냥 마음을 비우고 사십시오.

우리들은 순간순간 파도치는 감정의 놀음에 놀고 있으니

속지 마십시오.

영원할 것 같은 감정들도 알고 보면

텅 비어서 아무것도 없습니다.

○

나는 왜 네가 아니고 나인가….

우리는 하나라고 생각하다가 어느 순간

너와 내가 다르다는 것을 느낍니다.

우리는 원래 다르고 비슷할 뿐인데 같다는 착각을 합니다.

사랑하는 사람이 변했다고 마음 아파하지 마십시오.

사랑이 변한 게 아니라

사랑하는 사람의 감정이 달라졌을 뿐입니다.

나도 그렇게 변할 것이고

너도 그렇게 변할 것입니다.

영원한 것은 없습니다.

나는 네가 아닙니다.

우리는 인연 따라 잠시 하나였다가 헤어지게 됩니다.

나는 네가 아니고 나이기 때문에….

공존의 의미

○

아프리카 정글을 탐험한 학자들이 그곳에서 재미나는 실험을 해보았습니다. 그곳에 사는 수많은 종류의 짐승들을 한 종류씩 없애 보기로 한 것입니다.

먼저 새를 없애 보았습니다. 그랬더니 새소리가 없는 정글은 마치 공동묘지처럼 적막한 숲이 되어버렸습니다.

그 다음에는 원숭이들을 쫓아내보았습니다. 이 가지 저 가지를 옮겨 다니며 나뭇가지를 꺾고 숲을 망가뜨리는 원숭이들인 줄 알았는데, 원숭이들이 떠난 숲은 나무들이 서로서로 엉키고 덮이면서 썩어들어가기 시작했습니다. 놀라운 현상이 벌어진 것입니다.

마지막으로 징그러운 뱀들을 다 제거해보았습니다. 그랬더니 천적이 없어진 쥐들이 그 숲에서 판치며 날뛰기 시작했고 쥐들로 인해 해충을 잡아먹던 벌레들이 모두 없어져 숲이 병들어 죽어가는 것이었습니다.

이 실험을 통해 학자들은 놀라운 사실을 발견했습니다. 자연은 모든 것이 공존할 때에 건강하고 질서가 잡힌다는 것과 서로 돕고 공존할 때 아름다운 세상이 된다는 사실입니다.

○

아름다운 입술을 가지고 싶으면 친절한 말을 해라.

사랑스러운 눈을 갖고 싶으면 다른 사람들의 좋은 점을 봐라.

날씬한 몸매를 갖고 싶으면 너의 음식을 배고픈 사람과 나누어라.

아름다운 자세를 갖고 싶으면 결코 너 혼자 걷고 있지 않음을 명심해라.

　- 샘 레벤슨Sam Levenson, 〈세월이 일러주는 아름다움의 비결 Time Tested Beauty Tips〉중에서

베풂

○

다른 사람의 좋은 점을 보는 것은 눈의 베풂이요

환하게 미소 짓는 것은 얼굴의 베풂이며

사랑스러운 말은 입의 베풂이고

자기를 낮추는 것은 몸의 베풂이며

곱고 착한 마음을 쓰는 것은 마음의 베풂입니다.

마음은 보이지 않는 것!

그래서 행동으로 마음을 보여주어야 합니다.

실천하십시오.

실천하십시오.

베풂을 보여주십시오.

○

삶의 마지막에 후회하는 세 가지가 있습니다.

첫째, 내가 하고 싶은 대로 하며 살고 싶다.
원하지 않는 삶을 살지 마십시오.
한 번밖에 없는 생입니다.

둘째, 맺힌 것을 그때그때 풀며 살고 싶다.
감정이란 내가 만든 욕망입니다.
비우면 없어지는데 다음 생까지 가져가지 마십시오.

셋째, 나누고 살고 싶다.
움켜쥐고 있다가 결국 빈손으로 갑니다.
베풀면 행복이 다가옵니다.

홀로 또 더불어

○

혼자 사는 삶은 없습니다.

우리는 매일 혼자 있어도 함께 있습니다.

혼자 걸어도 혼자가 아닙니다.

산길에는 새들과 자연이 함께 있고,

차를 타고 달려도 혼자가 아닙니다.

우리는 늘 함께 있습니다.

몸은 혼자이고, 혼자 사는 삶이지만 늘 함께 있고,

죽음의 문턱에서도 우리는 그대와 함께 있습니다.

모두가 혼자이지만 늘 누구와 함께 살아갑니다.

모두에게 잘 하십시오.

혼자이지만 더불어 사는 삶입니다.

○

우리는 더불어 살지만 삶은 각각입니다.

그런데 우리는 상대에게 의지하고 살려고 합니다.

모든 사람에게 의존심을 끊어야 마음이 편안합니다.

의존하다 보면 상대에게 실망과 상처를 받습니다.

고맙고 사랑하는 마음보다 미워하는 마음이 생깁니다.

미워하는 마음을 없애려면 의지하는 마음을 없애고

홀로 서는 공부를 해야 합니다.

우리는 더불어 살지만 홀로입니다.

○

더불어 살아가는 세상이지만 '같이 산다'는 것은 어렵습니다.

같이 사는 사람이 '남의 편'이라면 더 힘듭니다.

같이 사는 사람이 다른 방향을 바라보고 있다면 한숨이 나옵니다.

그러나 동반자는 서로 힐끔 쳐다보며 보조를 맞춰 살아가야 합니다.

그것이 인생입니다.

아름다운 인연

○

인연은 인드라망과 같습니다.

오늘 만난 인연은 어제의 인연이고,

내가 모르는 인연은 스쳐 가는 인연입니다.

인연은 소중하고 행복과 불행을 선물합니다.

오는 인연 막지 말고, 가는 인연 잡지 않으니 다 시절 인연
입니다.

○

가장 아름다운 인연은 만나면 만나서 좋고

떠나더라도 늘 가슴에 남아 있는 인연입니다.

다시 만나면 더 반갑고 생각하면 향기가 있어 좋은 사람!

그 인연이 좋은 인연입니다.

그러나 집착하지 말아야 합니다.

집착하면 아름다운 마음이 없어지고 미운 마음이 생길 수 있습니다.

그저 아름다운 인연으로 남으면 두고두고 향기가 납니다.

모든 것은 변하고 영원한 것은 없습니다.

지금 이 순간 나의 마음도 변하는데

어찌 모든 것이 변하지 않길 바라겠습니까?

그래서 물 흐르듯이, 흘려보낼 인연은 흘려보내고 새롭게 살아야 합니다.

사랑의 길

○

먼저 나 자신에게 감사하고, 나 자신을 사랑하십시오.
불행을 느끼는 어떤 이유나 환경도 감사하고 사랑하십시오.
그래도 불행하다고 느껴지면
불행하다는 그 느낌을 사랑하는 것부터 시작하십시오.
불행을 느끼는 자기 자신을 꼭 껴안아 주십시오.
나 자신을 사랑하고 나에게 감사하며
언제나 어디서든 행복할 이유를 찾아보십시오.
사랑하고 감사하는 마음은 늘 행복합니다.

○

사랑은 상대방의 말을 들어 주는 것입니다.
사랑에는 이유도 없고 변명도 없어야 합니다.
사랑은 사랑이 전부입니다.

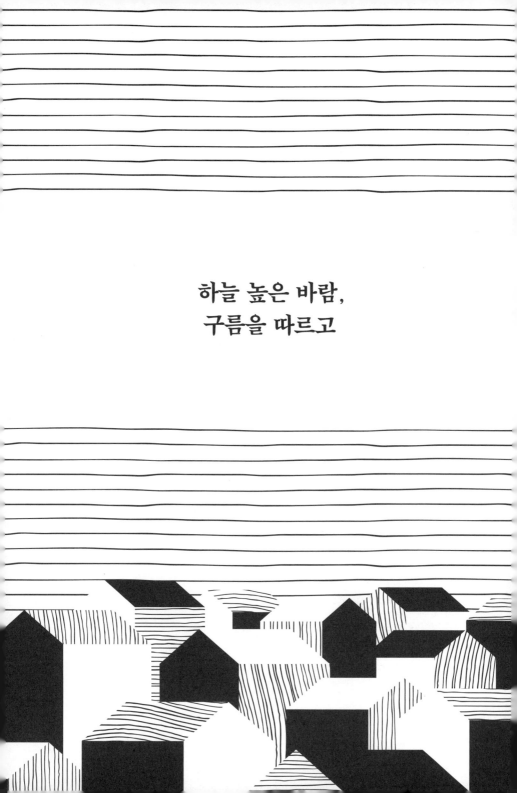

하늘 높은 바람,
구름을 따르고

○

바람결에 낙엽이 떨어집니다.

낙엽은 나무의 옷이자 번뇌입니다.

우리 삶에도 장식이 번뇌이고 구속입니다.

하나의 번뇌가 떨어져 나가면 또 다른 번뇌가 자리합니다.

그런다고 가만있으면 번뇌의 무덤이 됩니다.

수행은 거듭거듭 버리고 청소하고

침묵과 인내로 삶의 진리와 평화를 마주하게 합니다.

○

비바람이 산사를 헤집고 지나갔습니다.

이제 남은 나무 잎새는 기온이 떨어지면 지상으로 귀향할
것입니다.

이렇게 가을비가 아름다운 마무리를 하고 겨울을 초대합니다.

○

가을은 자신을 돌아보는 계절입니다.

한 그루의 나무는 한 사람과 같습니다.

우람한 나무는 큰 집의 기둥이 되고,
작은 나무는 땔감으로 서까래로 쓰입니다.
크기에 따라 내가 서 있는 자리가 다르고
잎사귀는 나의 빛깔이 됩니다.
서로 어울려서 숲이 되고 자연이 됩니다.
모두 그 자리에 있어서 아름답습니다.
당신도 그 자리에 계셔서 훌륭합니다.

○

가을 달빛이 휘영청 좋습니다.
가을 날씨가 맑고 향기롭습니다.
단풍은 진하게 물들고 가을꽃은 향기가 진합니다.
꽃은 스스로 떨어져도 누굴 미워하지 않습니다.
잎이 떨어져 봄을 기다리듯이 묵묵히 그냥 자기 자리로 돌아갈 뿐입니다.

○

가을바람이 붑니다.

지게를 지고 오솔길을 걸어갑니다.

낙엽이 지게 위로 떨어집니다.

지게에 짐을 지지 않았는데도 번뇌의 짐이 있습니다.

우리는 물건의 무게는 감당할 수 있어도

번뇌의 무게는 힘겹습니다.

지게 위로 떨어지는 낙엽을 지고 산길을 걸어갑니다.

번뇌의 짐이 아닌 낙엽을 지고….

○

단풍이 짙게 물들어갑니다.

인생의 마지막 잎새처럼 후박 잎이 다 떨어져갑니다.

산천이 물들 듯이 우리 마음도 아름답게 물들었으면 좋겠습니다.

시끄럽지 않고 곱고 잔잔하게….

단풍은 가을을 보내고, 낙엽은 봄을 약속합니다.

○

나뭇잎이 우수수 떨어집니다.

쓸어도 쓸어도 나무가 옷을 다 벗을 때까지는 끝이 없습니다.
나그네는 낙엽이 보기 좋은데 왜 치우느냐고 합니다.
남의 번뇌는 보기 좋다 하면서 치워주지 않습니다.
번뇌는 치우고 치워도 생깁니다. 나의 번뇌는 나의 몫!
없어졌다 생기는 것이 번뇌이지만 그래도 줍고 쓸어 없애
야 합니다.

○

오늘은 좋은 날!
가을비가 살포시 내립니다.
가을비 속으로 가을 향기가 납니다.
코스모스 한들한들 세월은 갑니다.
가는 세월만큼 고인 물도 흘러갑니다.
맑은 날이 있으면 흐린 날도 있듯이
우리에게 절망감도 한때입니다.
궂은일, 좋은 일도 다 한때입니다.
모든 것은 고정되지 않고 늘 변합니다.
그러니 순간순간 훌훌 털고 일어나야 합니다.
내 삶은 과거에 있지 않고 여기 오늘 있습니다.

○

가을이 익어가는 소리가 가까이 들려옵니다.

단풍이 산 정상에서 붉게 옷을 갈아입고 내려오는 색동 아이 같습니다.

바람결에 우수수 떨어지는 낙엽이 마당에 뒹굽니다.

얼마 후면 후박나무 잎새도 다 떨어져

벌거벗은 나목이 되겠지요.

자연의 순리 속에 옷을 입고 벗습니다.

이것이 진리이고 상식입니다.

○

나뭇잎이 떨어진다고 나무가 사라지지 않듯

나무가 사라진다고 숲이 사라지지 않듯

허무도 없고 영원도 없습니다.

생기는 것과 없어지는 것에 동요할 것이 아닙니다.

늙음이 오면 늙는 대로 행복할 수 있고

죽음을 맞이하면 그대로 행복할 수 있습니다.

모두가 시절 인연입니다.

집착하지 않으면 그대로 평화입니다.

○

바람이 거칠게 다가옵니다.

방 안에서 풍경 소리를 들으며 바람의 소리를 듣습니다.

고요히 정좌해 있으면서 낙엽 구르는 소리, 새소리, 바람 소리를 몸으로 느낍니다.

세상과 나는 하나입니다.

큰 우주 속에 나의 작은 우주는 먼지와 같은 존재입니다.

○

밤이 길어져 새벽 예불을 마치고 좌선을 하고

아침 공양 준비하러 가는 길이 멀게 느껴집니다.

동 트기 전에 아침 공양을 하니 그야말로 할 일 없이 바쁩니다.

해가 짧아서 점심 공양하고 차 한잔하고 나면 저녁이 됩니다.

하루가 짧으니 시간이 아깝습니다.

이러다 한 해가 훌쩍 산 너머로 가겠지요.

그래서 시간을 아껴 써야 합니다.

주인공,
다만 깨어 있어라

마음 밖에서 나를 바라보라

○

마음 밖에서 나를 바라보십시오.

나를 움직이는 사람이 누구인지 바라보십시오.

나를 움직이는 것은 감정이고,

나는 허구 속에 존재하고 있습니다.

허약한 나 자신은 존재하지도 않는 감정으로 상처를 받고

괴로워하고 있습니다.

나를 바라보십시오.

그 존재가 내 안에 있는지 내 밖에 있는지 살펴보십시오.

마음 밖에서 마음을 바라보고, 타인이 돼서 마음을 보십시오.

다 욕심 때문에 고통이 되어

마음속에서 생겨나 소멸하는 마음을 발견하십시오.

모두가 덧없이 왔다 가는 것을 알아차리십시오.

모두가 욕심이 지어낸 장난입니다.

○

자기를 바로 볼 줄 모르는 사람은 남을 다스릴 수 없습니다.

자신을 알기 위해서는

자기 밖에서 자신을 냉정히 바라볼 줄 알아야 합니다.

자신을 속이지 말고 자기를 바로 보면 내가 보입니다.

○

"세상의 흐름에 휩쓸리지 말라.

분노를 행동으로 옮기지 말라.

자신의 행동을 항상 살피라.

하느님이 어디서나 우리를 지켜보고 계신다는 것을 확실히

믿으라.

말을 많이 하지 말라.

공허한 말, 남을 웃기려는 말을 하지 말라.

다툼이 있었으면 해가 지기 전에 바로 화해하라."

　– 법정 스님의 《아름다운 마무리》 가운데, 성 베네딕도가 만

　　든 몬떼 까시노 수도원의 공동생활을 위한 규칙

마음 챙기기

◯

문단속들은 잘하면서 마음 단속을 잊으면 안 됩니다.

마음 단속은 자신을 바라봄입니다.

자신을 바라봄은 깨어 있음입니다.

오늘 하루를 생각해보십시오.

한번 지나간 시간은 다시 되돌릴 수 없습니다.

오늘이 마지막이라는 마음으로 살아야 합니다.

내게 주어진 한정된 시간, 주어진 행운을 헛되이 보내서는 안 됩니다.

내게 남은 시간이 얼마인지 아무도 모릅니다.

◯

하루하루를 습관적으로 살지 마십시오.

습관은 창조적인 삶이 아닌 변화를 두려워하는 삶입니다.

모든 것이 변화하는데 나의 의식과 행동이 과거에 머물러 있다면 나는 죽은 목숨입니다.

살아 있다는 것은 변화입니다.

습관도 생각도 깨어 있어야 합니다.

의식적으로 나의 행동과 말을 바라봐야 합니다.

그래야 날마다 새로운 삶을 살 수 있습니다.

○

우리는 많은 생각 속에 살고 있습니다.

일어나는 생각은 금방 사라집니다.

생각을 따라가지 말고 생각을 보십시오.

바른 생각인지 못된 생각인지 의심을 하십시오.

그냥 생각을 의심하지 않고 따라가면

업을 만들고 고통을 불러옵니다.

수행은 마음을 바라보고 알아차림입니다.

풍경 소리

○

법정 스님의 《텅 빈 충만》에는 어떤 젊은이가 찾아와 불쑥 수류화개실水流花開室이 어디냐고 물었다는 이야기가 나옵니다.

"네가 서 있는 바로 그 자리다!"라고 했더니, 그 젊은이는 어리둥절해 하더랍니다.

내가 있는 자리가 어디인지 모르는 사람이 많습니다. 안경을 끼고 안경을 찾고, 전화를 걸어 놓고 전화번호 몇 번이냐고 묻습니다.

마음을 갖고 살면서 내 마음을 모르고 살고 있습니다. 우리는 망각과 착각 속에 살고 있는지도 모릅니다.

항상 자기가 서 있는 자리를 살펴봐야 합니다. 내 마음이 어디에 있는지 찾아야 합니다. 풍경 소리가 늘 울리는 것은, 깨어 있으라는 속삭임입니다.

○

풍경을 새로 달았습니다.

바람결에 풍경이 울립니다.

동쪽에서 불어오는 바람! 서쪽에서 불어오는 바람!

바람결에 따라 소리가 다릅니다.

풍경에 매달린 물고기는 24시간 눈을 뜨고 있습니다.

물고기는 죽어야 눈을 감는다고 합니다.

풍경에 물고기가 매달려 있는 것은,

출가 수행자가 24시간 눈 뜬 물고기처럼 깨어 있으라는 의미입니다.

딸랑! 딸랑!!

풍경의 소리가 망상을 피우고 있는 수행자를 깨웁니다.

너는 지금 맑은 정신으로 살고 있느냐고 묻습니다.

바람이 불어 고요한 산사를 깨우는 풍경 소리!

맑은 정신으로 살기 힘든 우리에게 물고기가 정신 차리라고 말을 합니다.

"정신 차려라. 깨어 있어라. 너는 지금 무엇을 하고 있는가?"

깨어 있는 삶

○

모든 것이 덧없다고 하는 것은 허무하다는 의미가 아닙니다.

모든 것은 변한다는 의미입니다.

우주 실상은 영원한 것이 없고

잠시도 머물러 있는 것이 없습니다.

그러니 변화 속에서 무상함 속에서 게으르지 말고

참되게 살라는 의미입니다.

내 삶이 고통스럽고 불행하다고 해도

불행과 고통은 영원하지 않고

내 삶이 행복하다고 해도 그 행복 역시 영원하지 않으니

그것에 집착하지 말아야 합니다.

모든 것은 새옹지마塞翁之馬입니다.

절망이 희망이고,

희망을 잘 지키지 못하면 비극이 됩니다.

영원한 것 없는 세상에서 정신 차리고 깨어 있어야 합니다.

○

무엇을 얻으려 하지 마십시오.

얻으려는 마음이 있으면 얻을 수 없습니다.

무엇을 잃었다고 생각하지 마십시오.

잃은 것은 본래 내 것이 아니었습니다.

얻을 것도 잃을 것도 없는 마음이라면,

잃을 것 없는 그 무엇을 다 얻을 수 있습니다.

그러니 좋다고 좋아하지 말고,

싫다고 하여 증오하지 말아야 합니다.

좋아하고 증오하는 마음에서

내 마음에 탐욕과 치심이 생겨 나를 망치게 합니다.

문득 그런 생각이 나면 내가 망상을 피우고 있구나! 생각하

십시오.

망상인 줄 알면 나는 깨어 있는 삶을 살 수 있습니다.

생활 습관을 고치려면 무엇보다도 정신이 늘 깨어 있어야

합니다.

깨어 있는 사람만이 자기 몫의 삶을 제대로 살 수 있습니다.

깨어 있는 사람만이 자기의 분수를 알고

거듭거듭 삶의 질을 높여 갈 수 있습니다.

○

가만히 앉아 있다고 해서 성불할 수 있을까요?

가만히 앉아 있으면 나는 없습니다.

그 속에 번뇌와 망상이 가득할 뿐입니다.

나는 어디서 찾아야 할까요?

깨어 있는 마음으로 나 자신이 지금 뭘 하는지 바라볼 줄 알아야 합니다.

무문관에서 수행했다고 지혜가 열릴까요?

그것은 스펙spec일 뿐 깨달음과는 아무 상관이 없습니다.

깨달음은 앉아 있는다고 얻어지는 것이 아닙니다.

탐욕과 시기, 질투, 어리석은 마음이

내 마음속에서 사라져야 오는 것입니다.

누가 주인공인가

○

나의 주인공은 누구인가요? 어떤 것이 나인가요?

우리는 마음이 '나'라고 하고, 몸뚱이를 '나'라고 말하기도 합니다.

어떤 것이 나인가요? 나는 누구인가요?

나를 모르면서 무엇을 할 수 있을까요?

나를 모르고 사는 우리들은 바보가 아닌가요?

나를 안다면 나답게 살아갈 수 있겠지만

나를 모른다면 허수아비처럼 살게 될 것입니다.

스스로 자기를 불러 보십시오.

누가 대답합니까? 대답하는 그놈이 나입니다.

소리도 쫓지 않고, 입도 쫓지 않고, 대답하는 그놈!

그놈이 주인공입니다.

나는 누구입니까?

밥 먹고 옷을 입는 것은 누구이고,

길을 가는 것은 누구며 잠자고 깨어나는 것은 누구입니까?

분명 보고 듣고 말하는 주인공이 있습니다.

누구냐는 물음의 답은 '마음'입니다.

○

나의 주인은 누구십니까?

내가 머물고 있는 그곳에서 나는 나그네입니까? 주인입니까?

수처작주隨處作主 입처개진立處皆眞!

내가 머무는 그곳에서 나그네가 되지 말고 주인이 되십시오.

남처럼, 누구처럼 살려고 하지 마십시오.

'누구처럼' 살려고 하는 것은

지금의 나를 인정하지 않는 것이고

비교 속에서 행복을 얻으려는 것입니다.

'누구처럼' 살려고 하면 나는 '누구' 흉내를 내며 살게 됩니다.

나를 부정하고 남을 닮으려고 하는 것은 불쌍한 중생입니다.

어리석은 중생은 비교 속에서 행복을 얻으려고 하니

참 행복을 얻을 수 없습니다.

○

나 자신을 안으로 밖으로 항상 성찰해야 합니다.

무엇이 되어야 하고 무엇이 될 것인가를 스스로 만들어가야 합니다.

내가 진실로 원하는 방향으로 가십시오.

원하지 않는 길은 가지 마십시오.

맑은 정신으로 나의 의지대로 움직이는 습관을 길러야 합니다.

그래야 내가 주인공이 됩니다.

○

세상 삶은 정해진 과녁에 활을 쏘는 게임이 아닙니다.

움직이는 과녁에 활을 쏘는 게임입니다.

정해진 정답이 아닌 새로운 정답을 만들어가는 것이

바로 우리가 지금 하고 있는 삶의 게임입니다.

누구처럼 되려고, 닮으려고 하지 마십시오.

아무리 해도 그렇게 되지 않습니다.

나의 삶의 정답은 내가 만들어야 합니다.

○

칭찬에도 비판에도 흔들리지 말고
소리에 놀라지 않는 사자처럼
그물에 걸리지 않는 바람처럼
모든 것에 집착하지 말고
당당하고 초연하게 살아야 합니다.
어디에 머물든 그곳에서 주인이 되십시오.
당신은 이 세상의 주인입니다.

○

날마다 하늘의 색이 다르고 기온이 다릅니다.
하늘 위 허공은 늘 그대로인데
하늘 아래 구름은 늘 변합니다.
그러듯이 변덕스러운 나의 마음입니다.
오늘 날씨를 내가 결정할 수는 없지만,
내 마음의 기상은 내가 결정할 수 있습니다.
나의 삶은 내 손안에 있습니다.
내 삶은 내가 결정할 수 있습니다.
내가 내 삶의 주인입니다.

시간을 버리면

○

홀로 고요히 마음의 소리를 명상하십시오.

모든 것을 놓아버리십시오.

이미 지나간 일을 바라보지 마십시오.

지난 일에 매달린다면 명상이 되지 않고 홀로 있을 수 없습니다.

끝없는 고독과 자연의 아름다움 속에서 명상하십시오.

명상은 과거로 돌아가는 것이 아니라 새로움의 충만입니다.

명상은 창문을 열어 놓았을 때 들어오는 산들바람입니다.

그러나 일부러 창문을 열고, 일부러 불러들이려 하면

절대로 나다니지 않습니다. 극히 자연스러워야 합니다.

명상은 있는 그대로 보는 일입니다.

그리고 그 너머에 있는 것을 보는 일입니다.

○

명상은 시간으로부터의 자유입니다.

우리는 우리가 만들어 놓은 시간과 생각 속에 갇혀 있습니다.

시계를 치우고 앉아 보십시오.

시간에서 얼마 동안 벗어날 수 있는지 체험해 보십시오.

체험은 생각이 아닌 몸소 느끼는 것입니다.

생각으로는 뭐든지 할 수 있습니다.

체험은 있는 그대로이고 현실입니다.

시간을 버리면 자유인이 될 수 있습니다.

그것이 명상입니다.

숲속 명상

○

비가 내리고 나니 햇살이 싱그럽습니다.

아름다운 숲속!

모든 것을 내려놓고 숲속에서 명상하십시오!

그곳엔 자연의 향기가 있고 자연의 숨결이 들립니다.

숲속에서 눈을 감고 자연의 소리를 들어보십시오.

새소리 바람 소리!

물소리 풀벌레 소리!

살아 있는 모든 소리가 들립니다.

생명이 숨 쉬는 아름다운 자연의 화음!

자연을 이루는 만물의 소리가 모여서 잔잔한 교향곡을 연주합니다.

저 멀리 들리는 아이들 소리도 자연의 소리가 되어 들려옵니다.

영혼을 일깨워주는 자연의 소리!

우리는 자연의 소리 속에서 우리의 소리를 내려 합니다.
그렇기 때문에 아름다운 소리를 듣지 못하고 있습니다.
잠시 일상에서 벗어나 숲속으로 가십시오.
눈을 감고 가만히 자연의 소리에 기대어보십시오.
마음을 평안하게 하는 신비로운 내면의 소리가 있습니다.
아름다운 조화를 이루는 자연의 맑은 소리!
귀를 열고 들어야 자연이 전하는 맑은 소리를 들을 수 있습니다.

마음을 열고 들으면 내 마음의 소리도 들립니다.
내 마음의 소리를 들을 줄 알면 마음의 향기를 느낄 수 있습니다.
"네 영혼이 피로하거든 산으로 가라"는 독일의 한 시인의 말처럼 우리는 사색과 자기 성찰을 위해서 숲속에서 자연의 소리를 들을 줄 알아야 합니다.

자연의 소리는 나 자신의 소리입니다.
나를 느끼는 시간! 나를 바라보는 시간!

자연 속에서, 고독 속에서 내 마음의 소리에 귀 기울이면 마음의 평화를 얻을 수 있습니다.

명상하십시오.

열린 눈, 깨어 있는 마음으로

○

깨달음이란 자기 안에서 자기를 찾는 것입니다.
잠들어 있지 않은 자신이 어느 사이에 잠이 들어 있습니다.
잠들기 전 나
잠든 나
잠에서 깬 나
내 눈은 모든 것을 볼 수 있지만 자기 눈은 못 봅니다.
그리고 내 눈을 볼 수는 없지만 내 눈은 항상 있었고
잃어버린 적이 없다는 것을 알게 됩니다.
보려야 볼 수 없고 안 보려야 안 볼 수 없는 나!
깨달음이란 자기 안에서 자기를 찾는 것입니다.

○

진정한 아름다움은 마르지 않는 샘물과 같습니다.

그러나 가꾸지 않으면 샘물은 막히고 솟아나지 않습니다.

나 자신이 지닌 아름다움을 가꾸지 않으면 안 됩니다.

우리들 자신의 성품을 본래성불本來成佛이라고 하지만, 그 본성을 드러내지 못하고 있지 않습니까?

열린 눈으로 세상을 보고, 깨어 있는 마음으로 세상의 소리를 들을 줄 알아야 합니다.

닫힌 마음은 아름다운 샘물이 마른 것과 같습니다.

아름다움은 영원한 기쁨입니다.

자신을 아름답게 가꾸십시오

○

마음을 열면 세상이 열리고 진리의 흐름을 따라가면 깨달음이 있습니다.

그런데 우리는 거꾸로 생각하고 있기 때문에 깨달음과 멀어집니다.

깨달음은 새소리에도, 물소리에도, 바람 소리에도 다 있습니다.

마음만 열면 되는 것입니다.

망상 피우지 말고 보고 살피고 또 살피면 저절로 보이고 들릴 것입니다.

세상과 나는 둘이 아닌 하나입니다.

○

인생에 정답은 없지만, 해답은 있습니다.

인생은 정답으로 사는 것이 아니라

해답을 찾아가는 과정이고

인생의 문제에 대한 질문의 해답은 나의 선택입니다.

가장 소중한 만남

○

우리는 날마다 세수를 하면서 나를 만나고, 문을 나서면 이웃을 만납니다.

가장 소중한 만남은 자신과의 만남입니다.

자신과의 만남이 있어야 내면의 고요함이 생겨 지혜를 얻습니다.

자신과의 만남 없이는 어떤 행복도 완전할 수 없습니다.

우리가 행복을 좇아가면 행복은 우리를 피해갑니다.

행복은 내부로부터 오는 것이지

밖에서 살 수 있는 물건이 아니기 때문입니다

○

夜夜抱佛眠 야야포불면
朝朝還共起 조조환공기

欲知佛去處 욕지불거처

語默動靜止 어묵동정지

밤마다 부처와 자고

아침 되면 함께 일어난다.

부처 간 곳 알려거든

말하고 움직이는 곳을 살펴라.

─ 부대사(傅大士, 497~569)

나는 지금 누구와 자고 누구와 일어납니까?

지금 나는 어디로 가고 계십니까?

부처가 계신 곳에 가서 부처를 만나지 못하고

또 어디에 가서 부처를 만나려고 하십니까?

침묵하십시오.

말 없는 가운데 부처를 만나십시오.

큰 틀에서 바라보기

○

모든 것은 인연 따라 생기고 인연 따라 멸합니다.
그러므로 무아無我이고 환영幻影입니다.
실체가 없습니다.
나와 네가 없습니다.

○

아침 잠자리에서 일어나
첫 번째로 무슨 생각을 했습니까?
그리고 나는 무엇을 향해 가고 있습니까?
내가 하고 싶은 것은 무엇이고,
내가 할 수 있는 것은 무엇인지 살펴보십시오.
내 삶에 질문을 던져야
방향을 찾아 걸어갈 수 있습니다.

○

좋고 나쁜 일은 없습니다. '변화'가 있을 뿐!

성공과 실패는 없습니다. '변화'가 있을 뿐!

삶과 죽음은 없습니다. '변화'가 있을 뿐!

○

내가 나를 찾는 것이 참선參禪이요

내가 나를 불러내는 것이 염불念佛입니다.

내가 나를 보는 것이 간경看經이요

내가 나를 외우는 것이 송주誦呪입니다.

내가 거울을 보는 것입니까? 거울이 나를 보는 것입니까?

수행이란 따로 떨어진 것이 아니라 나를 보는 것이니

여러 가지 이치로 나누어 생각하지 마십시오.

수행이란 회광반조廻光返照(밖으로 비추는 빛을 돌려 안으로 비춘다)

함으로 마음의 근원을 비추어 보는 것입니다.

충만한 비움

날마다 죽고 날마다 태어나는 사람

○

우리는 날마다 '삶과 죽음의 그네'를 타고 살아갑니다.
생사의 갈림길에 있는 환자는 날마다 희망의 일기를 씁니다.
오늘은 맑음이지만 내일은 알 수 없는 날씨처럼,
기도하는 마음으로 새날을 맞이해야 합니다.
이 세상에 영원한 것이 없는 줄 알면서도,
영원하길 바라는 우리들 마음!
티베트 사람들은 겸손한 마음으로
저녁에 이불 속에 들어갈 때는 죽었다 생각하고,
아침에 눈을 뜨면 새로 태어났다고 감사의 기도를 올린다
고 합니다.
날마다 죽었다 태어나는 사람은 늘 감사한 마음일 것입니다.
잘 살아야 잘 죽는다고 하듯이
지금 살아 있을 때 잘 모시고 잘해야 합니다.
그래야 마음이 덜 아플 테니까요.

○

삶에 대해 깊이 생각해보십시오.

사는 게 문제가 아니라 어떻게 사느냐가 문제입니다.

인생은 행복만 가득한 게 아니라 고통의 연속입니다.

고통을 극복하는 것이 삶의 일부이고 행복으로 가는 길입니다.

그리고 나의 인생은 내가 선택하고 내가 주인이 되어 살아야

삶의 가치와 행복을 느낄 수 있습니다.

인생은 나의 선택입니다.

○

인생은 나그네가 걷는 마음의 여행길입니다.

우리는 지금 그 길에 잠시 머무는 것뿐입니다.

보이지 않는 것을 지향하며 굳건히 걸어가야 합니다.

우리의 여행은 어둠이 아닌 밝은 여행이 되어야 합니다.

들을 귀가 없는 사람에게는 어떤 말을 해도 반발할 뿐입니다.

남모르게 그분을 위해 기도하십시오.

그러는 사이 서로의 마음이 통하게 되어

상대의 마음이 부드럽게 변하게 될 것입니다.

○

욕망과 소망은 다릅니다.

욕망이란 자기 자신만을 위한 것이고

소망은 아름다운 희망입니다.

희망에서 한 걸음 나아가 원願을 세우고, 원을 실천하면 현실이 됩니다.

소망과 희망과 원을 모두 합친 것이 나의 의지입니다.

강한 의지는 나의 희망을 성취하게 만듭니다.

꿈이 있지만 생각으로 그치면 망상이 됩니다.

그래서 우리는 원력을 세워서 실천해야 합니다.

기도는 생각이 아니라 실천입니다.

누구를 위해 종을 울리나?

○

"행복한 사람은 남을 위해 기도하고, 불행한 사람은 자기만을 위해 기도한다"는 말이 있습니다.

누구를 위한 기도를 하고 계십니까?

내가 남을 위해 기도해준다면 모두가 좋아할 것입니다.

좋아하는 사람이 많은 사람은 행복한 사람이고,

미워하는 사람이 많은 사람은 불행한 사람입니다.

○

기도 속에 기적을 바라지 마십시오.

세상에 기적이 아닌 것이 없습니다.

식물 인간에게는 손끝 움직이는 것도 기적이듯이,

우리가 숨 쉬고, 걷는 것도 기적입니다.

세상의 모든 일을 생각해보십시오.

기적이 아닌 것은 없습니다.
우리가 이렇게 건강하게 살고 있는 것 자체가 기적입니다.

우리가 불행한 것은 가진 것이 부족해서가 아니라
사랑과 용서를 잃어 가기 때문입니다.

○

우리는 자신의 영혼을 위해 기도하는 시간보다,
물질을 위해 기도할 때가 많습니다.
물질적인 욕구를 위해 기도하는 것은
소유와 탐욕의 기도입니다.
진정 내 영혼의 양식이 될 기도를 해야 합니다.

비우는 기도, 고요로 충만해지는 기도

○

진정한 기도는 나를 비우고 버리는 일입니다.
비웠을 때 울림 있는 것.
텅 빈 충만이 진공묘유입니다.

○

기도하십시오.
기도를 하면 마음이 고요해지고 편안해집니다.
누구를 위해서가 아니라 자신을 위한 기도를 하십시오.
기도는 어리석음을 지혜로 바꾸는 작업이며,
욕심을 내려놓는 일입니다.
무엇을 이루거나 채우기 위해서가 아니라,
자신을 온전히 내려놓는 비움의 기도를 해야 합니다.
삶을 위해 기도를 하지 말고,

기도를 위한 삶이 되어야 합니다.

○

우리는 항상 무엇을 채우려고만 하지,

비우려고 하지 않습니다.

텅 비워야 거기에 새것이 들어가고 메아리가 울립니다.

텅 빈 마음은 우리들의 본래 마음입니다.

그대 마음이 답답하다면 비우십시오!

마음을 비우는 것은 선행을 닦는 일이고,

관계와 인습에서 벗어나는 일입니다.

온갖 집착과 분별 망상에서 벗어나면 홀가분해집니다.

간절히 기도하라

○

당신이 무엇을 하고자 한다면 간절히 기도하십시오.
지금 무엇을 하지 못하거나 일이 안 되는 것은
그만큼 간절히 원하고 있지 않기 때문입니다.
해도 그만, 안 해도 그만이라는 생각을 하고 행한다면
그 어떤 것도 이룰 수 없습니다.
하지만 힘이 모자랄지라도
간절히 기도할 땐
자연스러운 용기와 적극적인 행동이 저절로 나오게 되어
자신도 모르는 커다란 능력이 발휘되는 법입니다.

○

고요한 수면에 돌을 던지면 출렁이다가 저절로 고요해집니다.
마음이 요동칠 때에도 가만히 지켜보고 있으면, 저절로 고요해집니다.

기도에는 많은 말이 필요 없습니다.

책에서 꺼낸 수많은 말을 읽거나 읊조릴 필요도 없습니다.

기도의 말은 짧을수록 좋습니다.

말이 길어지면 기도하는 사람 자신도 무슨 말을 하고 있는지 이해하지 못하기 때문입니다.

모든 것이 가능하다는 것을 믿고 오직 기도하고 정진하십시오.

○

주먹을 불끈 쥔 사람보다도

두 손을 모으고 기도하는 자가 더 강합니다.

주먹은 상대방에게 상처를 주고 자신도 아픔을 겪지만,

기도는 모든 사람을 살릴 수 있기 때문입니다.

기도는 자신을 죽이고 남을 살리는 묘약입니다.

양초의 진정한 가치가 자신을 태워 세상을 밝히는 것과 같습니다.

○

과거의 내 삶을 바꾸지는 못합니다.

과거를 바꿀 수는 없지만

과거의 그림자에서 벗어날 수는 있습니다.

과거의 그림자를 지울 수 있는 지우개는 기도입니다.

○

비누는 몸을 씻어 주고

눈물은 나의 영혼을 맑혀주고

땀방울과 기도는 나의 업을 씻어 줍니다.

○

기도를 어떻게 하십니까?

절 기도를 해보십시오.

처음 절을 하면 다리가 아프지만 반복해서 하다 보면

아픈 다리도 안 아프고 몸이 좋아집니다.

우리는 몸의 노예입니다. 몸을 너무 아끼고 보호합니다.

몸을 보호하려면 내 마음대로 몸을 부릴 수 있어야 합니다.

절을 해보십시오.

처음엔 부처님께 절을 하지만

결국엔 나 자신에게 하고 있음을 발견하게 됩니다.

부처님이 나이고, 당신이 부처이기 때문입니다.

내가 상대방에게 절하면서 스스로 감동하면

절 받는 상대방도 감동합니다.

절 받는 상대방이 행복하지 않으면

나도 행복하지 못합니다.

둘은 하나입니다.

당신이 행복하려면 상대방에게 감동을 줘야 합니다.

감동이 있는 기도로 소원성취하시길 바랍니다.

○

오롯이 간절함으로 기도를 해보셨나요?

삶은 그냥 살아질 수도 있지만

간절함과 정성이 없으면 향기가 없습니다.

무슨 일을 하려면 절실함이 가득해야 이룰 수 있습니다.

간절함은 나에게 주어진 장벽을 극복하게 합니다.

그 벽을 넘어서지 않으면 한 걸음 더 나갈 수 없습니다.

그 벽은 자신이 만들었기 때문에 그 벽을 깨는 무기는 간절함입니다.

○

삶의 고통은 어디에서 올까요.
나의 고통을 어떻게 버릴까요.
삶의 고통은 실체가 없습니다.
답답하면 마음의 소리를 들으며
텅 빈 마음으로 간절히 기도하십시오.
절대자인 나의 마음을 바라보며
채우고 버림은 자신의 몫이라는 것을 알아차리면
편안해질 것입니다.

해바라기 기도

○

기도는 해바라기 꽃과 같습니다.
아침에 동쪽을 향하여 몸을 돌리는 해바라기는
어둠 속에서 찬란하게 떠오를 해를 간절히 기다립니다.
점심때가 되고 저녁노을이 질 때까지
해바라기는 계속 해를 향해 움직입니다.
해가 지고 캄캄한 밤이 되어도
해바라기는 실망하지 않습니다.
언젠가 이 어둠이 지나고 다시 해가 틀림없이 뜰 것을
굳게 믿고 있기 때문입니다.
우리의 기도 또한 해바라기와 같이
언제나 부처님만을 향하여
우리의 몸과 마음을 돌려야 합니다.
기도는 그 대상을 변하게 하는 것이 아니라
나 자신을 변하게 해줍니다.

기도는 성취에 있지 않고
기도함으로 평안해짐을 느끼는 것입니다.
그래서 기도는 내 마음을 변하게 하고
변하는 나의 모습을 발견하니 기도를 하게 됩니다.

○

기도는 무엇을 성취하는가에 있지 않고
성취를 향한 나의 첫걸음에 있습니다.
기도는 결코 우리를 속이지 않습니다.
우리를 속이는 것은 우리 자신입니다.
삶을 음미하듯 기도를 음미하십시오.
음미하지 않는 기도는 가치가 없습니다.
기도는 나의 부름에 대한 응답입니다.
찾으면 찾게 될 것입니다.
찾지 않으면 발견하지 못합니다.
기적을 믿는 이에겐 기적이 있습니다.

기도하십시오.

간절히…

그리고 또

간절히….

아침 기도문

○

탐욕이 아닌 빈 마음으로 기도하게 하소서.
받아서 채워지는 가슴보다
나눔으로 비워지는 마음이게 하소서.

지금까지 지은 허물을 참회하오니
바른 생각으로 지혜가 충만하게 하소서.

흐르는 강물처럼 순리대로
우리 삶이 맑고 향기롭기를,
깊고 넓은 바다의 마음으로 살게 하소서.

지금 이 순간 힘들더라도
항상 겸허하고 감사한 마음으로 살게 하소서.

마음이 가난한 자의 기도

○

〈마태복음〉에 "마음이 가난한 사람은 더 행복하다"라는 말
이 있습니다.

마음이 가난하다는 것은 신으로부터 자유로운 사람이란 뜻
이라고 합니다.

그래서 마음이 가난한 사람은 아무것도 더 바라지 않고,

아무것도 더 알려고 하지 않으며,

아무것도 더 가지려고 하지 않는다고 합니다.

욕망으로부터 자유롭고, 지식으로부터 자유롭고, 소유로부
터 자유로운 사람이 행복한 사람입니다.

우리는 부자이면서 하느님께, 부처님께 끝없이 "…해달라"
고 기도를 합니다.

우리가 불행한 것은 가진 것이 부족해서가 아니라

넘치는 부를 가지고 더 가지려는 욕망 때문입니다.

○

마음을 낮춰 보십시오.

마음을 낮추면 가슴이 따뜻해집니다.

복잡하게 생각하지 마십시오.

생각이 단순하면 마음이 깊어집니다.

마음이 가난하길 기도하십시오.

가난하면 겸손해집니다.

나를 미워하는 사람을 위해 기도하십시오.

나를 미워하는 사람을 용서해야 하나가 될 수 있습니다.

진정한 기도란

사랑하는 사람보다 미워하는 사람을 향해서 하는 것입니다.

○

기도하는 것처럼 하루를 사십시오.

고민하지 마십시오.

고민하는 시간에 기도하십시오.

비우면 편안한데 왜 비우지 못하고 계십니까?

행복하게 지내십시오.

우리는 행복할 자격이 있고

비교하지 않으면 절대 행복은 나의 몫입니다.

○

기도는 머리로 하는 것이 아닙니다.
기도는 가슴으로 하는 것입니다.
부처님이 말씀하셨습니다.
"진리를 보는 자, 나를 본다"라고….
진리를 본다는 것은 가슴으로 체험하는 것입니다.
식어버린 가슴을 기도로 따스하게 데워 보십시오.
가슴이 따스해지고 감동이 일어나면 기도가 비로소 됩니다.

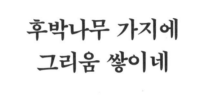

후박나무 가지에
그리움 쌓이네

○

11월이 저물어 갑니다.

차가운 기운이 겨울이구나 하는 것을 알게 합니다.

세상은 좁습니다. 부처님 손안이 아니라 휴대폰 안에서 세상을 보고 느낍니다. 그러나 그것은 확인된 사실이 아닙니다.

확인하는 것은 스스로 몸과 마음으로 느끼는 것입니다.

춥고 더움도 마찬가지입니다.

시간과 세월은 우리에게 주어진 약속의 의미입니다. 시간과 공간을 벗어나면 춥고 덥고가 없습니다.

11월은 없습니다. 다만 오늘만 존재할 뿐입니다.

○

달빛이 좋습니다.

달빛과 바람 소리가 고요한 산사를 적십니다.

이제 가을이 깊어지고 겨울 기온이 다가옵니다.

장작을 준비하고 겨울 채비를 합니다.

겨울은 침묵의 계절입니다.

침묵 속에 자기 소리를 들으시길 바랍니다.

○

겨울은 정진하기 좋은 계절입니다.

벌거벗은 자연처럼 우리도 청빈한 모습으로 돌아가는 계절입니다.

텅 빈 마음으로 90일 동안 정진 기도합시다.

정진은 마음을 살찌우고 행복하게 합니다.

기도하고 정진한 만큼 당신은 행복해지고 마음의 여유가 생길 것입니다.

○

지난 며칠간 따스한 기온에 봄 기온을 살짝 느꼈습니다.

그런데 어제오늘은 군불을 지펴도 방 실내온도가 10도입니다.

겨울은 겨울답게 추워야 합니다.

영하의 차가운 기온에 앉아 있으면 정신이 번쩍 듭니다.

한 줄기 바람이 깨어 있으라고 합니다.

엄청 춥지만 겨울은 정진하기 좋은 계절입니다.

○

기온이 뚝 떨어져 겨울답습니다.

추워야 겨울입니다.

그러나 마음이 따스하고 여유로우면 영하의 기온은 비껴갑니다.

나의 마음 온도는 몇 도인지 살펴보십시오.

마음의 온도는 사랑과 자비심의 척도입니다.

○

누구나 마음속에 방이 있습니다.

찬 바람이 불 때면 따스하게 데워야 합니다.

욕심이 가득할 때면 살며시 비워 진심으로 채워야 합니다.

채우고 비우는 일은 내가 날마다 해야 할 일

비우면 충만한 마음이 되어 행복해집니다.

○

겨울은 밖으로 헛눈 팔지 않고

안으로 귀 기울이면서 여무는 계절이 되어야 합니다.

머지않아 우리들에게 육신의 나이가 하나씩 더 보태질 때

정신의 나이도 하나씩 보내질 수 있도록….
– 법정 스님의《봄 여름 가을 겨울》중에서

○

인생에는 실패가 없습니다.
실패라는 것은 모두 과정일 뿐입니다.
과정을 실패라고 생각하는 오류를 범할 뿐입니다.
가장 향기로운 향수는 가장 혹독한 추위를 이겨낸 꽃에서
채취됩니다.
꽃이 아름다운 것도 겨울이라는 고통을 견뎌내었기 때문입니다.

○

마지막 달 12월입니다.
인디언들은 12월을 "다른 세상의 달, 침묵하는 달, 나뭇가
지가 뚝뚝 부러지는 달, 무소유의 달"이라고 합니다.
숫자가 아닌 아름다운 말로 한 해를 마무리하는 인디언의
지혜가 현대인에게 주는 메시지가 큽니다.
아름다운 마무리는 시작입니다. 마무리를 잘해야 시작을

잘할 수 있습니다.

맺힌 것은 풀고, 빚은 갚고 무소유의 달로 채워 나가시면 좋겠습니다.

○

한 해의 마지막 날입니다.

당신은 한 해 동안 무엇을 하였습니까?

당신은 당신의 세상 어디에 있었습니까?

당신에게 주어진 몇몇 해가 지나고 몇몇 날이 지났는데

당신은 당신의 세상 어디쯤 와 있습니까?

세월은 오는 것이 아니라 가는 것이라는 말이 있듯이

손바닥에 쥔 모래알이 빠져나가듯

365일이 다 빠져나가고 빈손이지 않나요?

사라진 세월을 교훈 삼아 새해에는 시간을 잘 챙겨야겠습니다.

시간은 내가 만들어가는 것이고, 내 삶도 내가 만들어갑니다.

당신은 지금 당신의 세상 어디쯤에 있습니까?

살피고 살펴서 한순간도 헛되지 살지 말아야겠습니다.

○

妄道始終分兩頭 망도시종분양두

冬經春到似年流 동경춘도사년류

試看長天何二相 시간장천하이상

浮生自作夢中遊 부생자작몽중유

묵은해니 새해니 분별하지 말게

겨울 가고 봄 오니 해 바뀐 듯하지만

보게나 저 하늘이 달라졌는가?

우리가 어리석어 꿈속에 사네.

– 학명 스님(鶴鳴, 1867~1929)

날마다 다르면서 같은 날입니다.

세월 속에 시간이 있고, 시간은 꿈과 같습니다.

해를 구분하는 것은 인위적인 것이고,

변해가는 것은 오로지 우리 자신, 인간의 마음일 뿐입니다.

맑은 정신으로 시간의 노예가 되지 말고 주인이 되십시오.

사랑은 쉼표에서

청산은 흰 구름을 보고

○

우리는 너무 바쁘게 살아갑니다.

행동이 느리면 낙오하고,

빨라야 살아남을 수 있다는 강박관념 속에

몸과 마음이 늘 분주합니다. 빠르게, 더 빠르게…

가속도가 계속 붙어 정신없이 달리기만 합니다.

빠르게 달리는 차 속에서 밖의 사물을 제대로 볼 수 없습니다.

멈추지 않으면 갈 수 있는 곳이 없습니다.

무엇을 위해 빠르게 달릴까요? 앞선다고 행복할까요?

멈추면 세상이 보입니다.

생각을 멈추고 나를 살펴보십시오.

내가 지금 어디에서 무엇을 하는지?

◯

19세기 초의 선사가 남긴 시에 이런 구절이 있습니다.

"청산은 바쁘게 사는 흰 구름을 보고 비웃는다."

몸이 바쁘십니까? 마음이 바쁘십니까?

내 몸은 하나인데 마음이 바빠서 정신을 못 차립니다.

마음을 쉬면 청산이 되는데 쉬지 못하는 마음이 문제입니다.

쓸데없는 번뇌 망상! 그것이 마음을 힘들게 합니다.

◯

한 줄기 물이 흘러 바다로 가는 과정은 멀고 멉니다.

바다로 이르는 동안 힘난한 계곡도 만나고

때론 넓은 강을 만나기도 합니다.

강물은 어려움에 부닥치면 어려움에 맞서고,

순조로울 때는 여유롭게 흘러갑니다.

삶은 순리대로 따라가는 것이 자연스럽습니다.

너무 힘들 땐 쉬어 가십시오. 쉼은 충전입니다.

쉬면 마음에 여유가 생깁니다.

여유로울 때 둘레가 보입니다.

잘 사는 것은 여유로움이 있는 삶입니다.

○

쉼이란 놓음입니다.

마음으로 짓고 마음으로 되받는 관념의 울타리를 벗어나는
것입니다.

대상이 없는 쉼! 고정된 생각이 없고 고정된 모양이 없이
다만 흐름이 있을 뿐입니다.

대상과 하나 되는 흐름, 저 물 같은 흐름이 있을 뿐입니다.

오는 인연 막지 않는 긍정이요, 가는 인연 막지 않는 긍정입
니다.

산이 구름을 탓하지 않고 물이 굴곡을 탓하지 않는 것과 같은
그런 대긍정,

시비가 끊어진 자리,

자유와 해방,

누구나 내 것이기를 바라고 원하는 것,

그 길은 쉼에 있습니다.

물들지 않고 매달리지 않는 쉼에 있습니다.

사랑의 크기만큼

○

그대가 들고 가는 짐이 사랑이었으면 좋겠습니다.
사랑을 이고 갈 때는 발걸음이 무겁고,
가슴으로 안고 가면 가볍습니다.
사랑도 짐도 지고 가면 짐이 되고,
사랑도 고통도 안고 가면 가볍습니다.
당신에게 주어진 사랑도 고통도 안고 가십시오.
따스한 가슴으로 안으면 모두 솜털처럼 가벼워집니다.
사랑이라는 것, 그것은 삶의 쉼표 같은 것입니다.

○

사랑이 사는 바로 옆집에는 고통이 살고 있습니다.
사랑이 외출하면 고통도 따라 외출을 합니다.
고통은 사람을 생각하게 합니다.

고통은 사람을 강하게 만듭니다.
고통은 이기는 게 아니라 달래며 사는 것입니다.
우리 삶의 일어나는 모든 일은 나를 성숙하게 하고
행복으로 통하는 길입니다.

○

당신은 얼마나 사랑을 하십니까?
사람은 사랑한 만큼 삽니다.
아름답고 향기로운 꽃들도 사랑한 만큼 삽니다.
아름다운 목소리의 새들도 사랑한 만큼 살다 갑니다.

○

인생은 사랑입니다.
인생은 사랑할 수 있는 소중한 기회입니다.
인생 안에 다른 것들을 담지 말고 사랑을 담으십시오.
사랑은 모든 것을 용서합니다.
텅 빈 마음으로 텅 빈 사랑으로 받아들이십시오.
텅 빈 마음이란 편견과 고집이 없는 마음입니다.

그 어떤 상황 속에서도 사랑을 선택하고 감사를 선택하십시오.

원망하지 말고 감사하십시오.

인생은 고귀한 것입니다.

살아 있음, 그 자체만으로도 인생은 신비하고 고귀한 것입니다.

죽음 너머 삶이 있고, 삶 곁에 죽음이 있습니다.

새끼 잃은 어미 새는 목청에서 피가 나도록 웁니다.

어미 새는 새끼가 전부입니다.

새끼와 자식은 자신의 분신과 같습니다.

자식이 잘못된 것은 부모의 잘못이요,

자식이 잘된 것은 자신의 능력이라고 해도

부모는 자식을 원망하지 않습니다.

사랑은 내림 사랑입니다.

마음의 장난으로부터의 자유

○

모든 사람의 겉모습은 가면입니다.

가면의 허상을 벗겨내야 참모습이 드러납니다.

나 자신은 진지하게 거울을 보면서 진정한 자신을 바라본 적이 있습니까?

나의 참된 모습은 당신은 알 것입니다.

가면 속의 나는 누구입니까?

○

우리는 어디론가 가고 있습니다.

살아 있다는 것은 움직이는 것이고

머무름이 아닌 떠남입니다.

나는 누구인가?

거울 앞에서 물어보십시오.

나를 보면서 나를 보지 못하고
남을 바라보고 산다면
나의 삶은 없습니다.
나를 찾는 것은 나를 보는 것이고
내가 지금 어디로 가는지 아는 것입니다.
살아서 가는 곳을 모른다면
죽어서는 영영 내가 가야 할 길을 못 찾고 헤맬 것입니다.

마음속의 풀리지 않는 모든 문제에 대해 인내를 가지십시오.
지금 당장 해답을 얻으려 하지 마십시오.
그건 지금 당장 주어질 순 없으니까요.
문제 그 자체를 사랑하려고 해보십시오.
중요한 건 모든 것을 살아 보는 일입니다.
지금 그 문제들을 받아들이고 사십시오.
언젠가 먼 미래에 자신도 알지 못하는 사이에
삶이 해답을 가져다줄 것입니다.

○

마음이 왜 답답할까요?

마음이 산란하기 때문입니다.

산란한 마음이 점점 가라앉을수록 진리가 훤하게 보입니다.

진리는 더듬어서 알아내는 것이 아니라

밝아져서 나타나는 것입니다.

마음은 찌꺼기가 없습니다.

보리菩提, 깨달음이라고 하는 것은

마음이 밝아져서 나타나는 것입니다.

혼탁한 생각을 자꾸 가라앉히면 밝아집니다.

○

마음속에 있는 것은 언젠가 밖으로 나옵니다.

밖에 있는 현상은 마음속에서 나온 것들입니다.

이 세상은 마음이 만들어낸 작품입니다.

○

마음은 흐르는 강물과 같아서 잠시도 멈추지 않고

일어나자 곧 사라집니다.

마음은 등불의 불꽃과 같아서

인因(직접 원인)이 있어 연緣(간접 원인)에 닿으면

불이 붙어 비춥니다.

마음은 허공과 같아서

뜻밖의 연기緣起로 더럽혀집니다.

마음 바탕은 선善도 악惡도 아닙니다.

착한 인연을 만나면 착해지고

악한 인연을 만나면 악해집니다.

불일암, 법정 스님이 만드신 의자

내가 바뀌어야 세상이 바뀐다

○

새로운 세상을 원한다면 먼저 자신부터 시작해야 합니다.
자기 생각과 자신의 말, 자신의 행동부터 시작해야 합니다.
나부터 바뀌지 않고 주변이 바뀌기를 바라는 것은
내 탓은 없고 남의 탓만 하는 편협한 소견입니다.
세상을 바라보는 눈! 내 눈이 바뀌어야 합니다.
내가 바뀌지 않고 내가 원하는 세상이 오지 않습니다.

○

모든 일은 한 생각에서 비롯됩니다.
생각하는 대로 내 모습이 만들어집니다.
지금의 내 모습은 내 생각에서 비롯된 것입니다.
순간순간 보고, 듣고, 말하고, 생각하고, 먹고, 마시는 모든
것이 나를 만들어가는 일입니다.

생각은 자기 안에 있는 또 하나의 '나'입니다.

세상에는 내 것이 없습니다.

본래 가지고 온 것이 없으니 내 것이라 할 것이 없습니다.

지금 내가 지닌 것은 잠시 소유하는 것일 뿐입니다.

누가 무엇을 준다고 하면

내 것이 되기까지는 마음을 비워야 합니다.

주고 안 주고는 내 결정이 아니라 주는 사람 마음입니다.

그래서 평가는 내가 하는 것이 아니라 상대편입니다.

그래서 내 것은 본래 없습니다.

○

모든 것은 나 자신에게 달려 있습니다.

모든 문제를 자기에게로 돌릴 줄 알아야 합니다.

내게 닥쳐오는 모든 괴로움과 장애, 이런 것들은

과거로부터 본래 내가 지어 온 인과응보인 줄 알아서

남을 원망하지 말고 욕하지 말고 남에게 미루지 마십시오.

모든 것을 제 탓으로 돌려

스스로 내 마음 안에 놓을 줄 알아야 합니다.

그것이 바로 모든 고통, 인과응보에서 벗어나는 길입니다.

○

우리는 하루에도 몇 번씩 장애물을 만납니다.
그 장애물은 직진할 것을 돌아가게 하고
가는 길을 멈추게도 합니다.
장애물은 나의 마음가짐에 따라
결과가 달라지게 합니다.
그 장애물을 걸림돌이라 생각하는 사람도 있고
디딤돌이라 생각하는 사람도 있습니다.
우리에게 주어진 환경은 비슷합니다.
지혜로운 사람은 장애물을 디딤돌로 삼지만
어리석은 사람은 걸림돌로 여길 뿐입니다.
내가 가진 마음은 같지만
어떻게 쓰느냐에 따라 달라집니다.

○

감사하십시오.
사랑하십시오.
먼저 이웃들에게 감사하고,
나 자신에게 감사하고 나 자신을 사랑하십시오.

나를 불행하게 만드는 어떤 환경도

감사하고 사랑할 줄 알아야 합니다.

정말로 불행하다면

내일은 오늘보다 더 불행해질 수는 없을 것입니다.

바닥을 치면 올라온다고 합니다.

더 버릴 것이 없다면 그 순간부터 채움이 시작됩니다.

감사할 것이 하나도 없다면 바로 그 이유로 감사하십시오.

세상의 모든 행복은 남을 위한 마음에서 오고

세상의 모든 불행은 이기심에서 옵니다.

세상을 바라보는 눈이 안목입니다.

보고, 듣고, 느끼는 모든 일에 안목이 필요합니다.

보이는 것 너머 특별한 것을 알아보는 눈은 따로 있습니다.

우리는 누구나 무언가를 보지만 다 똑같이 보지는 않습니다.

믿고 싶은 대로 보지 말고 있는 그대로를 깊이 보는 눈!

보이는 것 너머의 본질과 아름다움을 알아보는 안목이

세상을 아름답게 만듭니다.

사랑받기 위해 태어난 당신

○

내 삶은 때로는 불행했고 때로는 행복했습니다.

삶이 한낱 꿈에 불과하다지만, 그럼에도 살아서 좋았습니다.

지금 삶이 힘든 당신.

이 세상에 태어난 이상

당신은 모든 걸 매일 누릴 자격이 있습니다.

대단하지 않은 하루가 지나고, 또 별것 아닌 하루가 온다 해도

인생은 살 가치가 있습니다.

후회만 가득한 과거와 불안하기만 한 미래 때문에

지금을 망치지 마십시오.

오늘을 사랑하십시오. 눈이 부시게.

당신은 그럴 자격이 있습니다.

누군가의 엄마였고 딸이었고

그리고 나였을 그대들에게.

○

당신이 이 세상에 태어난 것은
마음껏 행복하고 사랑하라는 의미입니다.
당신이 고통받는 것은 세상을 사랑하지 않기 때문입니다.
고독한 당신!
세상을 가지려 하지 말고 사랑으로 세상을 품으십시오.
가슴으로 안으면 사랑이 됩니다.

○

'삶'이라 써놓고 '사람'이라 읽을 때가 있습니다.
'사람'이라 써놓고 '사랑'이라 읽을 때가 있습니다.
삶은 사람이 사는 일이고, 사람은 사랑해야 사람이 됩니다.

묻고 또 물으면

○

너는 내가 아니고 왜 나인가?

묻고 물어야 자신을 바라보고 찾을 수 있습니다.

오늘의 나는 누구이고 어제의 나는 누구입니까?

어디서 왔다가 어디로 갑니까?

온 곳을 모르니 갈 곳도 모르는 삶입니다.

오고 감이 없는 나!

너는 내가 아닌 나이기에 스스로 물으며 살아야 합니다.

○

'나'란 존재란 누구일까?

'나'를 아는 나와 '나'를 모르는 내가 존재합니다.

'나'를 아는 나는 '나'라는 상相이 존재합니다.

'나'를 모르는 나는 아상我相이 없습니다.

아상我相이 없는 나는 어디에도 걸림 없이 편안합니다.

'나'라는 상이 있는 나는 모든 것에 걸려 있어서 자연스럽지 못합니다.

나란 존재는 이렇게 겉과 안이 다른 두 얼굴의 사람입니다.

당신은 어떤 나의 존재입니까?

두 얼굴의 나!

진정한 나는 누구일까요?

○

너에게 나는 누구인가?

나에게 너는 누구인가?

묻고 또 묻지만, 정답은 없습니다.

나는 나에게 묻고, 너는 너에게 물어서 답을 찾아야 합니다.

좌복 위에 앉아 나에게 다시 묻습니다.

나에게 너는 누구인가?

나를 찾아 나서는 여행!

말 없는 답은 내 안에 있습니다.

오늘 얻은 답이 내일 틀릴 수도 있습니다.

그래서 날마다 자신을 묻고 또 물어야 합니다.

나는 어제의 내가 아니기 때문에.

○

고산을 오르면 산소가 부족해서 숨이 코끝에 차오릅니다.

100미터 달리기를 하면 숨이 차오릅니다.

호흡은 우리의 생명줄입니다.

호흡하며 "나는 누구인가"를 들여다보십시오.

호흡을 보며 일어나는 생각을 바라보십시오.

호흡하지 않으면 나는 없습니다.

"이 호흡하는 것을 보는 아는 놈이 뭐지?"

"이 숨 쉬는 것을 아는 놈이 뭐지?"

숨 쉬는 나를 제대로 보면 나를 발견할 수 있습니다.

○

나는 누구인가?

이것이 무엇인가[是甚麽]?

보고 듣고 말하는 나는 누구인가?

나를 보십시오!

나를 움직이는 여섯 가지 감각기관이 아닌 나는 누구입니까?

내 몸을 떠나서 나를 움직이는 나는 누구입니까?

꽃이 있으므로 꽃의 향기가 납니다.

꽃이 없으면 꽃의 향기도 열매도 없습니다.

눈이 내립니다.

눈은 어디서 왔다 어디로 가나요?

나는 어디서 왔다 어디로 가나요?

나는 지금 어디서 무얼 하나요?

지금 느끼는 나는 누구입니까?

○

나는 누구인가?

나에게는 내가 없습니다.

내 몸에는 내가 없습니다.

오온五蘊이 다 공空하기 때문입니다.

생각은 대상을 따라 생기고 사라집니다.

대상이 없으면 생각이 없습니다.

대상이 바꾸니 생각이 바뀝니다.

사람에는 사람이 없습니다.

있는 것에 있는 것이 없습니다[色卽是空].

없는 것에 없는 것이 없습니다[空卽是色].

실상 속에 살면 항상 즐겁습니다[常樂我淨].

가슴으로 사는 사람

○

나는 어떻게 살고 있을까요?

생각으로 사는 것은 무엇이며

가슴으로 사는 것은 무엇일까요?

생각은 머리 중심적으로 지식을 말하고,

가슴은 분별을 떠난 진리의 지혜를 말합니다.

그래서 머리가 좋은 사람보다

가슴이 따뜻한 사람이 좋습니다.

사랑은 머리로 하는 것이 아니라

가슴으로 해야 합니다.

생각으로 살지 말고 가슴으로 살아야

아름다운 세상이 됩니다.

○

나라는 존재가 만약 공기가 없다면, 물이 없다면, 식물이 없다면, 태양이 없다면 살 수 있을까요?

우리는 자연의 일부입니다.

공기, 물, 식물, 태양의 덕분에 삽니다.

사랑은 나눔입니다.

사랑은 소유하려는 욕망이 없는 것입니다.

사랑은 '나'를 내세우지도 생각지도 않는 것입니다.

사랑은 '마음의 해탈'이며 가장 거룩한 아름다움입니다.

생각의 요리사가 되어라

○

세상에는 좋은 정보와 나쁜 정보가 있습니다.
정보는 밖으로부터 오는 것입니다.
명상은 정보가 아닌 마음 맑힘입니다.
명상은 텅 빈 충만입니다.
생각을 없애는 게 아니라 비움입니다.
생각을 비운다는 것은
생각을 쉬는 것이고 알아차리는 것입니다.

○

물의 본성은 소리가 없는데 대상을 만나 소리를 내고,
돌은 본래 무형물인데 사람을 만나 불상이 됩니다.
어떤 대상을 만나느냐에 따라 모양이 바뀝니다.
나도 누굴 만나느냐에 따라 나의 인생이 달라집니다.

돌이 불상이 되듯이 없는 마음을 잘 내면 부처가 됩니다.

○

청정심은 맑고 향기로운 마음입니다.

하얀 종이는 물들기 쉽고

검은 종이는 오염이 되어도 표시가 나지 않습니다.

유리같이 투명하고 맑은 마음이 상처를 잘 받습니다.

말 많은 세상! 소문에 귀 기울이지 마십시오.

소문은 소문일 뿐입니다.

직접 보지 않으면 믿지 마십시오.

삶의 중심을 자기에 두십시오.

흘러가는 구름에 마음을 뺏기지 마십시오.

말은 다 부질없는 소리일 뿐입니다.

○

한 생각이 극락과 지옥을 만듭니다.

지금 내가 어떻게 사는가가 다음의 나를 결정합니다.

순간순간 우리는 다음 생의 나를 만들고 있습니다.

이 순간이 다음의 연결 다리입니다.

모든 것은 생애 단 한 번 지금, 이 순간뿐입니다.

○

마음이 부처입니다.

마음이 세상을 만듭니다.

내 마음은 나의 주인입니다.

나의 주인을 잘 모셔야 대접을 받습니다.

주인이 무슨 생각을 하는지 살펴보십시오.

주인이 행복하면 나도 행복합니다.

나만의 길을 가라

○

인생에는 답이 없습니다.

사막에는 길이 없습니다.

없는 길도 걸어가면 길이 됩니다.

허공에 길이 생긴 것은 누군가 갔던 길이고,

가지 않은 길도 가면 길이 됩니다.

길을 모르면 물으면 되고,

누가 간 길을 가면 답습하는 것이고,

가지 않는 길을 내가 가면 개척한 나의 길이 됩니다.

차별하지 않는 거울처럼

○

아침에 거울 보시나요?

거울 속에 나의 모습은 어떤 모습입니까?

거울 속에 비친 나의 모습을 보고 자신의 모습을 고칩니다.

거울은 처음 본 나의 모습과 화장한 모습을 담아두지 않습니다.

수많은 물체가 거울 앞에 오가지만 그저 비춰줄 뿐 담아두지 않습니다.

거울은 미운 얼굴, 예쁜 얼굴을 차별하지 않습니다.

차별하는 것은 우리들 마음뿐입니다.

분별하는 순간 고통이 생기니 거울처럼 집착하지 마십시오.

생각 줄이기

○

명상瞑想이란 생각을 줄인다는 말입니다.

생각이 있으므로 즐거움과 근심이 생깁니다.

생각 없이는 살 수 없지만,

생각이 지나치면 근심 걱정이 생깁니다.

사람이 생각이 있어서 동물들을 다스릴 수 있게 되었지만,

생각이 많아서 동물들에는 없는 병인 '미침'이 생기는 것입니다.

생각을 줄여야 합니다.

생각이 많다는 것은 번뇌가 많다는 의미입니다.

생각을 줄이는 방법은

한 생각이 일어나는 것을 알아차리면 가능합니다.

명상하십시오. 그래야 편안해집니다.

○

나는 어떻게 살고 있는가 살펴보십시오.

자기 자신을 알고자 한다면 스스로 지켜보십시오.

자신의 걸음걸이, 먹는 자세, 말씨, 잡담,

미움과 시새움을 잘 살펴보십시오.

아무것도 가리지 않고

자신의 내부에 있는 모든 것을 샅샅이 지켜본다면,

그것이 명상[禪]이 될 것입니다.

○

떠오르는 생각들을 그저 지켜만 보십시오.

생각은 바람 같은 것임을 당신은 금세 알아차릴 것입니다.

생각이란 그저 왔다가 사라지는 것입니다

쉴 새 없이 떠오르는 생각에 대해

'아무런 생각도 하지 않는 것'이야말로

생각을 다스리는 비결입니다.

운명을 여는 열쇠

○

길을 찾으려거든 '나'부터 찾아야 합니다.

나의 생각 나의 행동부터 비춰봐야 합니다.

팔자운명이 잘 안 풀리는 것은 '나'를 빼놓고 생각하기 때문입니다.

외부세계만을 바라보고 환경만 탓하기 때문입니다.

길을 가다가 넘어진 사람이 돌부리 때문에 넘어졌으니

그 돌부리에게 일으켜 세우라고 할까요.

넘어진 자가 스스로 땅을 딛고 일어서야 합니다.

○

길은 안에 있습니다.

바깥 대상에 있지 않고 내 안에 있습니다.

내가 갈구하는 것, 내가 거부하는 것이

밖에 있는 것이라 할지라도
그것을 구하고 그것을 쫓는 길은 내 안에 있습니다.
구하고 싶거든 안으로 마음을 돌려야 합니다.
없애고 싶거든 지금까지 밖으로 향하던 눈길을
지금부터라도 안으로 돌려야 합니다.
운명의 문을 여는 열쇠는 내 안에 있습니다.

○

모든 것에는 이유가 있습니다.
그리고 뜻이 있는 곳에 길이 있습니다.
좋은 뜻이 있으면 좋은 길이 열리는 것이
우주의 질서입니다.
나쁜 뜻이 있으면 나쁜 길이 열리게 되어 있고
정성을 다해 믿으면 현실이 됩니다.
마음 가운데 좋은 뜻을 세우도록 하십시오.
외부의 세계는 내부 세계의 메아리입니다.

○

삶은 고통이지만 즐거움입니다.

고통과 즐거움은 손등과 손바닥입니다.

괴로움은 견디기 힘든 고통이지만

괴로움을 통하여 지혜를 얻습니다.

우리에게 주어진 괴로움의 원인이 욕망이라는 것을 알면

근본 치유가 됩니다.

괴로움과 맞서 싸우거나 괴로움으로부터 도피하면

결코 괴로움에서 벗어나지 못합니다.

괴로움을 있는 그대로 알아차리면

지금 괴로움은 사라지고 희망이 생깁니다.

괴로움은 날마다 나에게 와서 시험합니다.

고통은 나에게 더한 행복을 주기 위해 선물입니다.

말과 침묵

살리는 말, 죽이는 말

○

많은 말을 하지 마십시오.
말이 많다는 것은
나의 부족함을 보여주는 것입니다.
지혜로운 사람은 말보다 행동을 보여줍니다.
한마디로 충분하다면 두 마디를 하지 마십시오.
침묵은 최대의 웅변입니다.

○

따뜻한 격려의 말은
사람들을 강인하게 하고 자신감을 줍니다.
누군가를 인정해 주는 것은
그를 살려주는 것이며 삶의 윤활유가 됩니다.
반대로 자만하고 자랑하는 것은 마찰의 요인이 됩니다.

중요한 것은 사람에게 무언가를 주는 것이 아니라
어떤 마음으로 주는가 하는 것입니다.
자기 자신에게 도움이 되는 것에만 관심을 둔다면
그 사람은 점점 왜소해지고 맙니다.
그러나 이웃의 도움에 마음을 쓰는 사람은
반드시 성장할 것입니다.

세상에서 가장 무서운 것은 고정관념입니다.
우리가 공부하는 것은 고정관념을 깨는 일입니다.
하나밖에 모르면 하나가 전부가 됩니다.
많이 알면 알수록 다름을 인정하게 됩니다.
무식하면 입을 다물어야 합니다.
입을 열지 않으면 지혜가 생깁니다.

○

말을 할 때는 겸손함과 진실함을 갖추어서 해야 합니다.
누군가에게 주워들은 내용을 내 말인 양 마구 토해내다 보면
자신 내면에서 침묵과 명상을 통해 향기롭게 피어오르는
진실을 더욱 찾아보기 어렵게 됩니다.

말에 집착하지 말고 순수하게 말하면
마음을 전달할 수 있습니다.

○

말에 의지하지 말고 뜻에 의지하십시오.
말은 뜻을 전달하는 수단입니다.
하나의 뜻을 여러 가지로 표현할 수 있습니다.
말로 말이 많은 세상, 하루에 쏟아내는 말 가운데
쓸 말이 얼마나 되는지 살펴보십시오.

○

남을 비판하지 마십시오.
비판하려는 마음이 들면 그대 자신을 비판하십시오.
남에 대해 말할 때 좋은 것만 말하십시오.
부정적인 말을 해야 한다면 그대 자신에 대해 말하십시오.
- 티베트 까담빠의 격언

말과 침묵

○

사람 관계에서 말 때문에 상처와 갈등이 생깁니다.

입으로 짓는 네 가지 그릇된 행위로

거짓말, 이간질, 험담, 꾸밈말이 있습니다.

성서에서도 "혀는 걷잡을 수 없는 악이요, 죽음에 이르게

하는 독으로 가득 찬 것"이라며 말의 파괴성을 경계합니다.

말하기 전에 깊은 경청을 할 줄 알아야 합니다.

자기 말만 하면서는 남의 말을 들을 수 없기 때문입니다.

4세기에 살았던 사막의 교부 아가톤Agathon은 3년 동안

입안에 조약돌을 물고 다녔다고 합니다.

'바르게 말하기'를 배울 때까지 침묵했던 것입니다.

바른 침묵 끝에 바른말이 시작됩니다.

○

말이 많은 세상입니다.

누가 내게 무슨 말을 하든 상대가 하는 말은

그의 것이지 나의 것이 아닙니다.

상대가 내게 호의를 보이거나 비난을 해도

모두 상대의 일이지 나의 일이 아닙니다.

부처님께서는 "보지 않은 것을 본 것처럼 말하는 것과,

듣지 못한 것을 들은 것처럼 말하는 것과,

알지 못한 것을 아는 것처럼 말하는 것과,

깨닫지 못한 사람이 깨달았다고 하는 것"을

큰 거짓말이라고 하셨습니다.

누군가 나에게 선물을 주고 싶어도 내가 받지 않으면

그 사람은 나에게 선물을 주지 못합니다.

상대의 말에 반응하지 않고 그대로 두면

모두 그 사람의 몫이 됩니다.

침묵의 소통

○

모든 관계는 소통이 첫걸음입니다.

말이 통하지 않을 때는

말하는 것보다 듣는 것이 중요합니다.

말이 통하지 않을 때는

침묵이 중요합니다.

침묵이 곧 씨앗이고, 지혜입니다.

많은 말을 하지 마십시오.

말이 많아서 시끄러운 세상입니다.

소통은 이해가 없기 때문에 안 되는 것이고,

사랑이 있으면 이해할 수 있습니다.

○

침묵은 타인이 하는 말을 잘 들을 수 있게 하는 놀라운 효과

가 있습니다.

고민이 있는 사람의 말을 잘 듣기 위해서는 침묵이 필요하고,

사랑하는 사람의 속삭임을 느끼기 위해서도 침묵이 필요합
니다.

두 사람 모두 말을 한다면 결코 잘 들을 수가 없습니다.

타인의 말을 잘 들어야지 거기에 맞는 말을 할 수가 있습니다.

침묵하는 사람이 제대로 말할 수 있는 사람입니다.

○

말을 할까 말까 망설여질 때는 말 대신 침묵을 택해야 합니다.
불필요한 것은 말하지 말고, 가능하면 몇 마디로 간단하게
필요한 내용만 이야기한다면 우리의 시간뿐 아니라
상대방의 시간도 건질 수 있을 것입니다.

경청의 지혜

○

듣는 법을 배워야 합니다.
귀담아듣는 것은 지혜를 가져다주고
불필요한 말은 후회를 가져다줍니다.
많이 아는 사람일수록 말이 적습니다.
오해는 대화의 단절에서 옵니다.
현명한 사람이 되려면 이치에 맞게 묻고,
조심스럽게 듣고, 침착하게 대답해야 합니다.
그리고 더 할 말이 없으면 침묵하기를 배워야 합니다.

○

우리는 남의 말에 귀 기울이기보다
자기 말을 내세우려고 합니다.
상대방을 바라보며 대화하기보다

스마트폰을 보며 말을 합니다.

같이 있어도 멀고 먼 당신입니다.

잘 들을 줄 모르는 이와 좋은 만남을 가지기는 어렵습니다.

대화란 상대의 눈을 보며 말에 실린 뜻과 감정에 귀 기울이
는 것입니다.

경청하지 않으면 오해가 쌓입니다.

서로 통하지 않으니 서로 오해합니다.

눈 마주치고 귀 기울여 들으면

오해할 일도 싸울 일도 없습니다.

서로 통하니 평화롭고 행복합니다.

◯

옳다 틀리다 단정하지 마십시오.

나와 다르니, 틀리다고 말하는 우리!

그것이 잘못된 생각인 줄 모르고 고집을 부립니다.

한쪽 이야기만 듣고 그 말이 옳다 하지 마십시오.

말은 양쪽을 다 들어봐야 옳고 그름을 알 수 있습니다.

우리는 내게 이익이 되느냐 손해가 되느냐로 판단을 달리
합니다.

내 편 네 편으로 편 가르기를 잘합니다.

나와 다른 것도 인정하는 습관을 지녀야 합니다.

두 개의 귀로 두 사람 말에

모두 귀 기울일 줄 알아야 합니다.

궁극의 기도

○

기도는 은밀하게 해야 합니다.
기도는 말로 하는 것이 아니라
자기 내면의 소리에 귀 기울이는 일입니다.
자기 소리를 자기가 듣고, 바깥소리가 들리지 않았을 때
기도의 메아리가 있습니다.
기도는 오직 간절한 마음으로
침묵의 언어로 내 몸과 마음이 진동했을 때 성취됩니다.
기도하십시오!
성취될 것입니다.

○

기도는 말로 하는 것이 아닙니다.
말은 뱉어 버리면 그 말밖에 전달되지 않습니다.

그러나 침묵의 언어로 기도하면

헤아릴 수 없을 만큼 무한한 말을 전달할 수 있습니다.

침묵으로 기도하십시오.

침묵으로 부처님과 하느님과 대화를 하십시오.

탐욕이 아닌 텅 빈 마음으로 간절하게 기도하십시오.

기도하는 나 자신이 감동하면

그분이 그대의 기도를 들어 주실 것입니다.

침묵의 설법

○

침묵의 의미는 단순히 입을 다물고 아무 말도 하지 않는 데
있지 않습니다.

인간 내면 깊숙이 자리 잡은 심연深淵을 들여다보는 일입니다.

침묵은 하나의 존재요, 우주의 언어입니다.

침묵을 익히는 것은 본질적인 자신의 존재를 확인하는 일
입니다.

○

소리 없는 소리를 들을 줄 알아야 합니다.

가만히 앉아 있으면 빗소리도 들리고 새소리도 들리고

바람 소리도 들립니다.

정말 들어야 할 소리는

마음에서 일어나는 소리, 소리 없는 소리입니다.

○

만일 그대가 진리를 사랑하거든 침묵을 사랑하십시오.

침묵은 햇빛처럼 그대들을 비출 것이고,

무지의 허깨비로부터 그대를 건져줄 것입니다.

○

꽃이 피면 눈으로 보고 코로 향기를 맡고 귀로 소리를 듣습니다.

그러나 마음이 열리면 눈이 귀가 되고 귀가 코가 됩니다.

오감의 차별이 없어지면 싹을 통해 낙엽을 보고 산을 보고 계절의 향기를 느낄 수 있습니다.

산과 바람은 둘이 아니니

자연을 통해서 무정설법無情說法을 들을 줄 알아야 합니다.

꽃이 피고 계절이 오고 가는 것이 나에게 무슨 의미일까요?

그것이 곧 법문이니

집착하지 말고 그냥 보고 들을 줄 알아야 합니다.

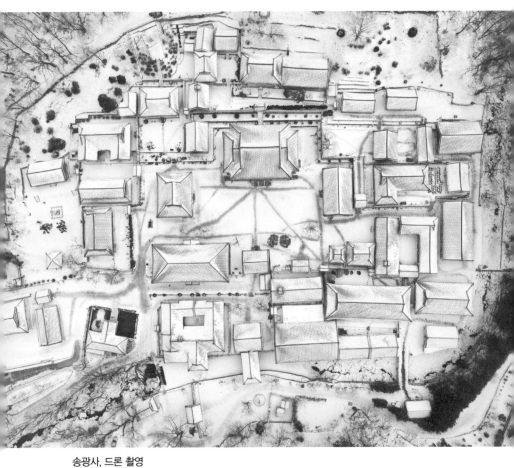

송광사, 드론 촬영